私は真実が知りたい

赤木雅子
＋相澤冬樹

夫が遺書で告発
「森友」改ざんは
なぜ？

文藝春秋

私は真実が知りたい　夫が遺書で告発「森友」改ざんはなぜ？◉目次

カバー写真（提供　赤木雅子）
表1　赤木俊夫さんの遺書
表4　新婚旅行で行ったローマ「真実の口」で
帯イラスト　赤木雅子
DTP　エヴリ・シンク
装幀　石崎健太郎

序章　トッちゃんの本を出すわけ

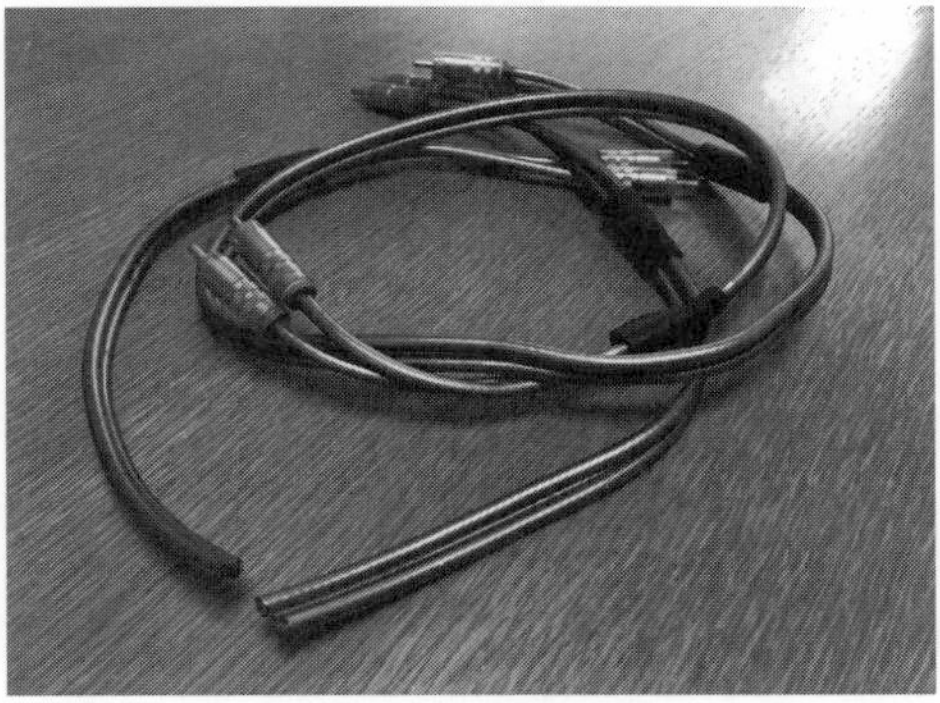

はさみでコードをパチンと切った

体はまだ温かかった

私の目の前に二本のコードがある。オーディオセットをつなぐためのコード。一本は真ん中あたりで切れている。私が切った。トッちゃんの首に巻き付いていたのを外すため。

二〇一八年（平成三十年）三月七日、私の夫、トッちゃんはコードの一本を首に巻き付け、もう一本を居間の窓の手すりに結びつけていた。帰宅してその姿を見た私はトッちゃんに駆け寄って体を抱き上げた。何とか助けたいと思って。すると首に締まっていたコードがゆるんで、のどの気道に空気が入り、「ゴボゴボっ」という音がした。私は一瞬、「まだ生きてる！」と思った。

でも、コードが首に食い込むほどきつく巻き付いていて、なかなかはずれない。はさみを取りにいくためトッちゃんの体を離したら、またコードがぎゅっと締まった。急いではさみを取ってきて、切れるかどうかと思いながらコードを挟んだら、意外にあっさりパチンと切れた。すると、宙に浮いていた体がドサッと床に落ちた。

トッちゃんの体はまだ温かかった。ちょうど前の日にテレビで見たばかりの心臓マッサージをした。胸の中央を押さえて「大丈夫よ、よう頑張ったなあ、つらかったなあ」と話しかけながら。けど、じきに、だめなんだと気づいた。携帯にメッセージを送っても、トッちゃんから返信がないので、あわてて職場を出たのが一時間ほど前。あの時、すでにコードを首に巻き付けていたのなら、まだ生きているはずがないじゃないの。冷たくなっていくトッちゃんの体を抱きしめながら、私は不思議なほど冷静に考えていた。

私の夫、トッちゃんの本名は赤木俊夫。この時、五十四歳。財務省近畿財務局の上席国有財産管理官。あの森友事件で、国有地の値引き売却についての公文書の改ざんをさせられ、以来一年ずっと苦しんできた。それを間近で見ながら救い出してあげられない私もつらかった。何度も死の一歩手前までいきながら何とか引き戻すことができたけど、とうとう助けられなかった。

私は自分を責めた。でも同時に思った。私以上に責任があるのは財務省と近畿財務局。彼らがトッちゃんに無理矢理改ざんを押しつけたのに、何の救いの手も差し伸べてくれなかった。トッちゃんは公務員としての仕事に人一倍誇りを持っていたのに、公文書の改ざんをやらされたことに苦しみ、一人責任を押しつけられる恐怖におびえて、命を絶ってしまった。だから私は一一九番より先に思わず一一〇番に電話してしまった。「財務局に殺された」という思いがあったから。

居間にあったオーディオセットは見るのも嫌になった。だから全部捨ててしまった。このオーディオコードも、実家の兄に「捨てておいて」と渡したんだけど、兄が気を利かしてとっておいてくれた。最近になって、「あのコードが実はまだあるんだ。手元に置いた方がいいんじゃないか」と言って送り返してくれた。このコードを見ていると、あの日の記憶がよみがえって胸が苦しくなる。そして思う。トッちゃんにこのコードを使わせた責任は誰にあるんだろう?

政府も、財務省も、近畿財務局も、誰も責任を認めようとしない。そんなことを思うと悲しみよりも憤りが募ってくる。責任がある全員にこのコードを短く切って送りつけてやりたい。トッちゃんが味わった苦しみと恐怖を味わわせてやりたい。

……でも、そんなことをしても意味はない。この人たちがそんなことで改心するはずもない。するならとっくにしてるはず。訴えかける先はこの人たちではない。政治家や国家公務員を動かすことができるのは世論の力だ。だから世の中の皆さんに訴えよう。トッちゃんと私の身に起きたことを。政府、財務省、近畿財務局がいったい何をしてきたかを。

私の夫、トッちゃんは二度と返ってこない。でも私の人生は続く。真相がわからないままでは私は人生をリセットできない。トッちゃんはなぜ追い詰められたの？　改ざんはなぜ行われたの？　国有地の値引き売却がそもそもおかしかったんじゃないの？　なぜそんな値引きをしたの？

公正な第三者の手で再調査をしてもらおう。そして納得のいく説明をしてもらおう。それが私の願いだ。世論に訴え、世論を動かし、真相を解明するんだ。その時、トッちゃんは言ってくれるだろう。

「ようやったなあ、まあちん。ありがとう」

……「まあちん」は、私、雅子の、トッちゃん風の呼び名だ。

事件は終わっていない

ここまで「私」と名乗って登場しているのは、森友事件で公文書の改ざんを強いられ命を絶った、財務省近畿財務局の赤木俊夫さん（享年五十四）の妻、赤木雅子さんである。ここからは、雅子さんとともにこの本を書いた相澤冬樹が、通常とはかなり異なるこの本の流れと、物語の舞台となった森友学園への国有地値引きと公文書改ざんについて、あらかじめご説明しておきたい。

赤木俊夫さんは、世を騒がせた森友事件の公文書改ざんを上司に強要され、自ら命を絶った。二〇一八年三月七日のことだ。彼が何かを書き残したようだという話は当時からあった。しかし厳しい情報統制が敷かれて内容は闇に隠れたまま世間から忘れられていった。

ところが実は、彼の自宅のパソコンには「手記」と題した詳細な文書が残されていたのだ。A4で、七枚。そこには、近畿財務局で密かに行われた驚くべき出来事が克明につづられていた（手記の全文は巻末に収録）。

俊夫さんが命を絶つ原因となった「森友学園への国有地売却問題」が明るみに出たのは、二〇一七年（平成二十九年）二月八日のこと。この国有地だけ売却価格が明らかにされないことを不審に思った地元・大阪府豊中市の木村真市議が、情報公開を求め裁判を起こしたのがきっかけだった。この国有地には森友学園の新設小学校が建つ予定で、その名誉校長には、安倍晋三首相の妻、昭恵さんが就任していた。

翌日、朝日新聞がこの問題を大きく報じたことで国会で火が付いた。野党の追及に財務省は、鑑定価格九億円余の土地を八億円以上値引きして売却した事実を明かした。

私、相澤冬樹も、NHK大阪放送局の記者として当初からこの問題を取材していた。その報道をめぐり上層部と軋轢があり、結局NHKを辞めることになる。その経緯は拙著『安倍官邸 vs. NHK　森本事件をスクープした私が辞めた理由《わけ》』（文藝春秋）に書いた。

森友問題が発覚して十日目となる二月十七日、ターニングポイントとなる出来事があった。この日、国会で昭恵夫人の国有地取引などへの関与を追及された安倍首相は、こう言い切った。

「私や妻が関係しているということになれば、間違いなく総理大臣も国会議員も辞めるということは、はっきり申し上げておきたい。まったく関係ない」

一週間後の二十四日には、財務省の佐川宣寿理財局長（当時）が国会で「交渉記録はない」「売買契約締結をもって事案は終了、速やかに（記録を）廃棄した」などと答弁。実際には、国有地取引の経緯を記した改ざん前の公文書には「安倍昭恵首相夫人」の名前が繰り返し記されていた。佐川氏の答弁の二日後、これら公文書の改ざんが始まった。赤木俊夫さんは、上司の命令によって現場で公文書の改ざんを強要されたのだ。

森友問題の発覚から一年が過ぎた二〇一八年三月二日、朝日新聞の報道によって公文書改ざんが明るみに出た。三月七日に俊夫さんが亡くなると、九日には国税庁長官に栄転していた佐川元局長が依願退官。そして十二日、財務省は改ざんの事実を認めた。

佐川元局長ら財務官僚を中心に土地取引や改ざんに関わった三十八人が刑事告発されたが、捜査にあたった大阪地検特捜部は五月末日、全員を不起訴にした。翌二〇一九年三月、検察審査会は佐川元局長ら十人について「不起訴不当」を議決したが、大阪地検は改めて不起訴処分とした。俊夫さんの死の原因となった公文書の改ざんで、誰の罪も問われないことになったのだ。

二〇二〇年三月、俊夫さんの三回忌を迎え法要も無事終わったことを期に、妻・雅子さんは佐川元局長と国を相手取り裁判を起こした。同時に、雅子さんの了解を得て私は「週刊文春」誌上で俊夫さんの手記を公開した。記事は大きな反響を呼び、週刊文春は二年半ぶりに五十三万部が完売した。さらに第三者による森友事件の公正な再調査を求めて雅子さんが行った署名活動では、三十五万を超える署名が集まった。俊夫さんの死から二年余り、あらためて森友問題に大きなうねりが起きている。

この本では、1章から5章までを、雅子さんの視点で描く。雅子さんの言葉からは、俊夫さんという誠実で快活だった人物が、理不尽な命令に悩み苦しむ姿が浮かんでくる。夫を失った女性が、国や財務省を相手にひとり戦おうと決意するのは、想像を絶する勇気がいるだろう。そこにいたる雅子さんの哀しみや憤り、迷い、葛藤をぜひ知っていただきたいと思う。

6章以降は私の記者としての視点で、雅子さんへの取材などからわかった新事実を、週刊文春で発表した記事の情報に加え新事実も交えて、同時ドキュメントとして書いている。この事件は終わっていない。現在進行形であることを表すには、この形が最善と思ったからだ。

本書が発売される二〇二〇年（令和二年）七月十五日には、新型コロナウイルスの余波で延期されていた雅子さんの裁判が、いよいよ始まる。その経過をたどり、事件の本質を理解する一助となれば幸いである。

第1章　トッちゃんが遺した「手記」

赤木俊夫さん

走り書きのメモ

トッちゃんのまだ温かい胸に手を当てて必死に心臓マッサージをしているうちに、遠くからサイレンの音が近づいてきた。救急車だ。私はトッちゃんと一緒に救急車に乗って病院に向かった。病院の先生は最後まで懸命に救命処置をしてくれた。

病院で待っていると、警察の人がやってきた。地元の警察署の刑事さんだ。刑事さんが捜査用の車で私を自宅まで送ってくれた。一緒に部屋に入った刑事さんは、居間の机の上に手書きのメモがあるのを見つけた。私は動転していてそれまで気づいていなかったが、トッちゃんがノートに走り書きしたメモだった。そこにはこんなことが書いてあった。

森友問題
佐川理財局長（パワハラ官僚）の強硬な国会対応がこれほど社会問題を招き、
それにＮＯを誰れもいわない
これが財務官僚王国
最後は下部がしっぽを切られる。
なんて世の中だ、
手がふるえる、恐い

命　大切な命　終止府《ママ》

私はびっくりした。えっ？　佐川さん？　国会で「文書はない」と言って散々矢面に立っていた、あの人？

私以上に刑事さんがびっくりしていた。亡くなったのは、あの森友事件に関係している人?!という感じであわててどこかに電話していた。しばらくして相次いで警察の人がやってきた。そしてみんな同じことを聞く。

「ご主人はどういう仕事をされていたんですか？」

「森友学園の件とはどういう関係があるんですか？」

私は次々に来る警察の人に六度も同じ説明をする羽目になった。後から来た人は警察署ではなく兵庫県警察本部の人だと後にわかった。

刑事さん達はトッちゃんの遺した物をあれこれ調べだした。その一人が言った。

「奥さん、このパソコン起動できますか？」

トッちゃんが自宅で使っていたパソコンで、私はパスワードを知らない。でもいつの間にか、パスワードを書いた付箋がキーボードのそばに貼ってあった。その通り入力するとパソコンが立ち上がった。すると、いきなり画面上に文書が現れた。

「手記」

私は、昨年（平成29年）2月から7月までの半年間、これまで経験したことがないほど異例な事案を担当し、その対応に、連日の深夜残業や休日出勤を余儀なくされ、その結果、強度なストレスが蓄積し、心身に支障が生じ、平成29年7月から病気休暇（休職）に至りました。

これまで経験したことがない異例な事案とは、今も世間を賑わせている「森友学園への国有地売却問題」（以下「本件事案」という。）です。

本件事案は、今も事案を長期化・複雑化させているのは、財務省が国会等で真実に反する虚偽の答弁を貫いていることが最大の原因でありますし、この対応に心身ともに痛み苦しんでいます。

この手記は、本件事案に関する真実を書き記しておく必要があると考え、作成したものです。

「森友学園への国有地売却問題」と、その問題をめぐる公文書の改ざんについて、いきさつを克明に記した文書だった。

これを見つけて私も驚いたが、刑事さんはもっと驚いていた。いきなりプリンターで印刷を始めたので私は言った。

「私の手元にも置きたいので二部プリントしてください」

その間、刑事さんたちは盛んにどこかと連絡を取っていた。プリントし終わると、A４で七枚の文書をすべて写真に撮り始めた。鑑識の人がカメラで撮るのはもちろん、刑事さんもスマホで撮っていた。そして撮り終わった画像をＬＩＮＥで送り始めたので私はこれにも驚いた。

「ＬＩＮＥで送るんですか？」

「奥さん、今はＬＩＮＥで送るのが一番便利で早いんですよ」

二部プリントしたのだから、当然一部を持ち帰るのだと思ったら、どうも電話での指示は違ったようだ。

「奥さん、私たちはこれ、持ち帰りませんから。残していきますから。間違いなく残しましたよ。確認してくださいね」

そう言い残し、プリントした手記を持たずに引き上げていった。でも、画像にとってＬＩＮＥで送っておいて「持ち帰らなかった」はないでしょう？

表に出さなければいけない

この「手記」を読んで、私は初めてトッちゃんが何に苦しんでいたのかを知った。これまで１年あまり、何かに追い詰められているトッちゃんとずっと一緒に悩んできたけど、こんなに苦しく悔しい思いをしていたんだと初めて知った。

「これは表に出さなあかんもんや」そう思って、刑事さんが帰る前に「文春にでも渡します」と話した。別にどこでもよかったんだけど、その頃、週刊文春は「文春砲」と呼ばれてスクープで有名だったから、そこならいいかと思った。

次の日、私が病院でトッちゃんの検視を待っていたら、前の日の刑事さんがやってきた。「ちょっとついでなんで」とか言いながら、「奥さん、あの手記、もう文春に渡しました?」と聞いてくる。トッちゃんが前の日に亡くなったばかりで、そんな暇があるわけない。そしたら「文春はやめたほうがいい。マスコミはどこも怖いですよ。マスコミに渡すのはやめた方がいい」と言うのだ。トッちゃんの職場、近畿財務局の人にも同じことを言われた。

結局、私は手記を誰かに渡すのを、公表するのをやめてしまった。みんなが「出すな」と言うから、それがいいんだろうと思って。トッちゃんは出してほしいんじゃないかと思いながら、流されてしまった。

こうしてすぐには日の目を見ることのなかったトッちゃんの「手記」。私は二年をかけて、ようやく公表を決意できた。

本年(注・二〇一八年)3月2日の朝日新聞の報道、その後本日(3月7日現在)国会を空転させている決裁文書の調書の差し替えは事実です。

元は、すべて、佐川理財局長(当時)の指示です。

(中略)

役所の中の役所と言われる財務省でこんなことがぬけぬけと行われる。

森友事案は、すべて本省の指示、本省が処理方針を決め、国会対応、検査院対応すべて本省の指示（無責任体質の組織）と本省による対応が社会問題を引き起こし、嘘に嘘を塗り重ねるという、通常ではあり得ない対応を本省（佐川）は引き起こしたのです

この事案は、当初から筋の悪い事案として、本省が当初から鴻池議員などの陳情を受け止めることから端を発し、本省主導の事案で、課長クラスの幹部レベルで議員等からの要望に応じたことが問題の発端です。

いずれにしても、本省がすべて責任を負うべき事案ですが、最後は逃げて、近畿財務局の責任とするのでしょう。

怖い無責任な組織です。

トッちゃんは後悔と恐怖に押しつぶされてしまった。私はトッちゃんの代わりに、知っていることをこの本ですべて明らかにして、まだ知らない真実を追及したいと思う。

第2章　トッちゃんと私

結婚式で（1995年）

初対面でプロポーズ

「とりあえず、おもしろい人じゃけん。雅子ちゃんに合うから、ちょっと会ってみる？　会うだけでいいから。いやじゃったらいやでいいから。すごい変わった人じゃから。でも合うと思うんじゃ」

お友達のK子さんにこんな風に誘われて、「まあ会うだけだったらいいかな？」と思って初めて会ったのが、赤木俊夫さん。後に私の「トッちゃん」になる人だ。

私は実家から通える岡山県倉敷市の薬局で勤めていた。同じ職場の先輩、K子さんは書道が趣味で、地元の書道教室に通っていた。そこにトッちゃんも習いに来ていた。彼はその頃、大蔵省（現財務省）近畿財務局の和歌山財務事務所に勤めていたけど、生まれ故郷が倉敷の近くだった。

一九九四年（平成六年）十二月三日、K子さん立ち会いのもと、私は、和歌山から倉敷までやってきたトッちゃんと駅前で初めて会った。三人で向かったのは倉敷芸文館横のイタリアンレストラン「サルサペペ」。ここで私たちは、現代社会の抱える問題点や二十一世紀の地元倉敷のビジョンなど壮大な事象について深夜まで総合的にディスカッションしたのだという……。なぜこんな細かいことまでわかるかというと、トッちゃんが披露宴のために作った紹介文に書き記してあるからだ。そういう几帳面な人だった。よく食べ、よく話し、よく笑う人だった。マフラーも似合っていた。「元気で明るい人だな」と好感を持った。別れ際にトッちゃんはこんなことを口にした。

「関西に連れていきたい。関西にピッタリ」

……これってプロポーズ？　そうよね、プロポーズよね。でも、初めて会った日にいきなりプロポーズ？　しかもお友達の前で。

「唐突だなあ」と思ったけど、「おもろいこと言う人だなあ」という印象の方が強かった。でもとりあえず、笑って何も答えなかった。だって、初対面ですぐにプロポーズに応じるなんて〝女がすたる〟というもの。少しはもったいつけなくちゃ。

次に会ったのは年の瀬も押し迫った十二月二十九日。倉敷の割烹「竹の子」から駅前ストリート沿いのパブ「Ｈｏｎｋｅｙ Ｔｏｎｋ」。その帰り際にお酒の勢いもあったのか、「結婚しよう」と電撃的プロポーズがあった。私も電撃的に「はい」と即答した……つもりだったが、トッちゃんの紹介文を見ると違う。大晦日に「会ってから言いたい」と私から連絡をし、年明け一月三日に「この間の結婚の件よろしくお願いします」と返事をしたらしい。

私、二十三歳。トッちゃん、三十一歳。出会って一か月でどうして結婚を決めたんだろう？　今思い返してもよくわからない。でも誠実そうでおもしろそうな人だから、この人なら間違いないだろうと思えた。その直感は間違っていなかった。

一月六日には、お互いに釣書を交わしている。つまり両家公認の間柄になったということだ。本当にあっという間だった。

その直後、一九九五年（平成七年）一月十七日。阪神・淡路大震災が起きる。私たちが暮らす岡山と和歌山には大きな被害はなかったけれど、神戸の街が壊滅して道路も鉄道も使えなくなった。でもそれをものともせず、お互い車やフェリーで行き来した。

この頃、私が送ったラブレターを、トッちゃんは持ち前の几帳面さできちんと保管していた。亡くなった後、遺品を整理していて初めて知った。まだ二十代前半だった私の可愛らしくもちょっと気恥ずかしい手紙の数々。

〈和歌山で一緒にお祝いしたいけど

岡山県・・・で「お目出とう」って言ってます．

桜の咲く頃　また会える事を

楽しみにしています．♡〉

これは三月二十八日、トッちゃんの三十二歳の誕生日に送った。得意のイラストでプレゼントの数々を描いている。一〇〇〇万ドルの現ナマ。いつでも来れるようにドラえもんの「どこでもドア」。べっぴん姉ちゃん。トッチャンが好きだったボルボ。そして最後に私。自分が最後というのが奥ゆかしい？

実は私は絵を描くのが得意だ。結婚後、スケッチ教室に通って先生にほめてもらったこともある。トッちゃんは私がいろんなことに挑戦するのをいつも後押ししてくれた。

震災もなんのその。私たちは結婚へと邁進した。そして六月十八日、倉敷市内の純和風旅館の広間で結婚披露宴を開いた。仲人はトッちゃんの上司ご夫妻。この時はトッちゃんの職場の皆さんが、披露宴とは別に結婚パーティーを開いて祝ってくれた。そして新婚旅行はイタリアへ。

この本をまとめてくれた相澤冬樹記者は当時の写真を見ながら「幸せな時代があったんですね」と言うけど、失礼やわ。結婚から二十二年間、ずっと幸せだったんですよ。トッちゃんが改ざんをさせられる、あの日まで。

結婚の翌七月。トッちゃんは和歌山から神戸財務事務所へ転勤した。仕事は公務員宿舎の管理。神戸では震災で多くの宿舎が被害を受けていたから新婚早々忙しそうだった。でも生き生きしていた。どんなにきつい仕事でも、へこたれる人じゃなかった。その姿を見て、公務員としての仕事に人一倍やりがいと誇りを感じているんだとわかった。

私たちは、比較的被害の少なかった神戸市西区の公務員宿舎に住むことになった。同じ宿舎に職場の上司が住んでいた。それが楠《くす》敏志さん。私はトッちゃんに連れられて楠さんのお宅にお伺いしたことがある。それがまさか、二十年以上後に再び上司として、トッちゃんが亡くなった翌日に再会しようとは、当時は夢にも思わなかった。

私の雇用主は日本国民

トッちゃんは元々国鉄の職員だった。地元岡山の高校を卒業してすぐ採用された。「国鉄は当時の地方の高校生にとってあこがれの職場だった」と言う人もいるけど、トッちゃんは本当は国鉄に行きたくなかったそうだ。大学に行きたかったけど、お金の事情で国鉄への就職を選んだ。そのことをいつも悔しそうに話していた。

でもトッちゃんのコレクションには「日本国有鉄道」の文字の入った品がたくさんある。「鉄」と呼ばれる鉄道ファンの人がほしがりそうな品物もあるようだ。だからトッちゃんも、いざ入ってからはそれなりに国鉄に愛着があったんだと思う。

一九八七年（昭和六十二年）。国鉄が分割民営化されてＪＲが誕生した時、多くの国鉄職員が職場を去って、一部の人は公務員として採用された。トッちゃんもその一人だ。大蔵省中国財務局に入り、半年の研修の後、鳥取財務事務所に赴任した。

ところがトッちゃんは「大学に行きたい」という夢を捨てていなかった。立命館大学の夜間コースへ進学するため、大学に近い近畿財務局京都財務事務所への異動を希望して聞き入れられた。トッちゃんはそのことをずっと感謝していた。こうしてトッちゃんは大学卒の資格を得ることができた。

その後は京都、和歌山、神戸、舞鶴、大阪と、主に近畿財務局の管内を渡り歩いた。どこでも公務員の仕事にプライドを持って熱心に取り組んでいた。普段から「ぼくの契約相手は国民です」と言っていたし、同じマンションの方に「私の雇用主は日本国民なんですよ。その日本国民にために仕事ができる国家公務員に誇りを持っています」と話していたそうだ。

安藤忠雄や坂本龍一に魅せられて

トッちゃんは変わり者だというのは最初にK子さんに聞かされていたけど、ホントにここまで変わり者とは思わなかった。

結婚前、初めて大阪でのデートの時、待ち合わせ場所からトッちゃんが向かったのは東梅田の旭屋書店だった。上の階に上がっていくと、建築書のコーナーでいきなり専門書を読み始めた。私を放ったらかして何を読んでいるのかと思ったら、安藤忠雄さんの本だった。

トッちゃんの体の半分くらいは安藤忠雄さんでできていたんだと思う。大袈裟じゃなく、そのくらい安藤さんが好きだった。北海道から九州まで、全国至る所にある安藤さん設計の建物を見て回った。ある日、「青森に旅行に行こう」と言うから一緒に行って、何をするのかと思ったら安藤さんの建物がお目当てだった。事前に私に何の相談もなく、見に行くと勝手に決めていた。

安藤さんの何がそんなに好きなのか？　尋ねたことがある。

「それはデザインも凄いけど、やっぱり人間としての力が凄い。安藤さんは高卒なんや。独学で一級建築士の資格を取った。高卒で東大の教授になったんやで。凄いやろ。高卒の東大教授は安藤さんが初めてなんや」

トッちゃんが一番好きだったのは、安藤さんが設計した個人の住宅だった。小さいけど味わいがある。神戸にもいくつかある。王子公園の近くにある小さなバー。住吉神社に近い住宅。舞子海岸の海際に立つ住宅。特に舞子海岸の住宅はお気に入りで何度も通っては外から眺めた。

安藤さん関係の本は数え切れないほど買っていた。本棚に入りきらず床に山積みになっている。建物の写真を眺めるだけではなく、書いてある言葉を覚えてよく私に教えてくれた。特にお気に入りの言葉が「人の逆をしろ」だった。「人とは違うことをするんや」とよく言っていた。

音楽では、指揮者の佐渡裕さんやバーンスタインなどクラシックを中心に聴いていた。でも圧倒的に大好きだったのが坂本龍一さん。CDも著書も買い集めていたけど、安藤さんと同じで、音楽だけではなく生き方や発言にも共感していた。あまりに好きで髪型や眼鏡までマネしていたのが、当時の写真を見るとわかる。憧れていたんだと思う。一九九三年（平成五年）、三十歳くらいの頃、「近畿財務時報」という職場の冊子に寄稿している。題は「坂本龍一探究序説」。その中に「逃避することのできない社会現象の不合理性や構造の矛盾」という言葉がある。今になってみると将来を暗示しているかのようだ。

落語も好きで、ひいきの落語家の独演会をチェックしてこまめに出かけていた。中でも桂米朝一門に連なる若手の落語家、桂佐ん吉さんの独演会には繰り返し参加していたため、案内状も届くようになった。

体を動かすことも好きで、職場の野球チームに入っていた。ポジションはキャッチャー。結婚してから五～六年ほど続けていたと思う。

お酒はそれほど飲めなかったけど、日本酒の味は好きだった。あちこちの酒蔵巡りにも出歩いていた。

石などに印章を彫る篆刻にも熱心だった。篆刻とはかなり通な趣味だと思うけど、私はこの展覧会にも東京まで一緒に出かけた。ほかにも安藤忠雄さんの建築物を見に出かけたり、コンサートや展覧会に行ったり、そのほとんどに同行した。なぜなら私は「趣味、赤木俊夫」だったから。トッちゃんの好きなことにお付き合いする。それが私の趣味だった。

そして、私とトッちゃんの出会いを生んでくれたのが書道だ。趣味の域を超えて生涯続ける道と思い定め、高価な道具を多数買いそろえていた。中でも筆は中国製がいいらしく、筆を選ぶために一緒に中国まで旅行したこともある。その時に万里の長城で写した写真が今、部屋の壁にかけてある。あの時にトッちゃんが言った言葉は「これからも筆を買いに中国に来るから、まあちん、中国語を習ってよ」……それを真に受けて十年間中国語を習ったのだから私もえらい。

トッちゃんが亡くなった後、棚の上にある箱を何気なくおろしてふたを開けると……私は思わず声を上げた。

「あ～っ、こんなんこっそり買っとったんや」

中国製の高価な筆がびっしり入っていた。すべて新品でまだ使われていない。私に黙ってたくさん買い込んで、仕事を辞めたらこれを使って悠々自適で書道三昧をする気だったに違いない。まさかこの筆を使うことなく命を絶つことになろうとは思いもしなかっただろう。私は自分が稼いで家計をやりくりするつもりだったのに。私の趣味「トッちゃん」に幅広い趣味を存分に楽しんでもらうために。

わがまま極まりないけど、そこが好きだった。こうしてトッちゃんと私は、周囲の人たちからすればちょっとおかしいかもしれないけど、幸せに結婚から二十二年を過ごしてきた。あの事件が起きるまでは。

第3章　トッちゃんが壊れていく

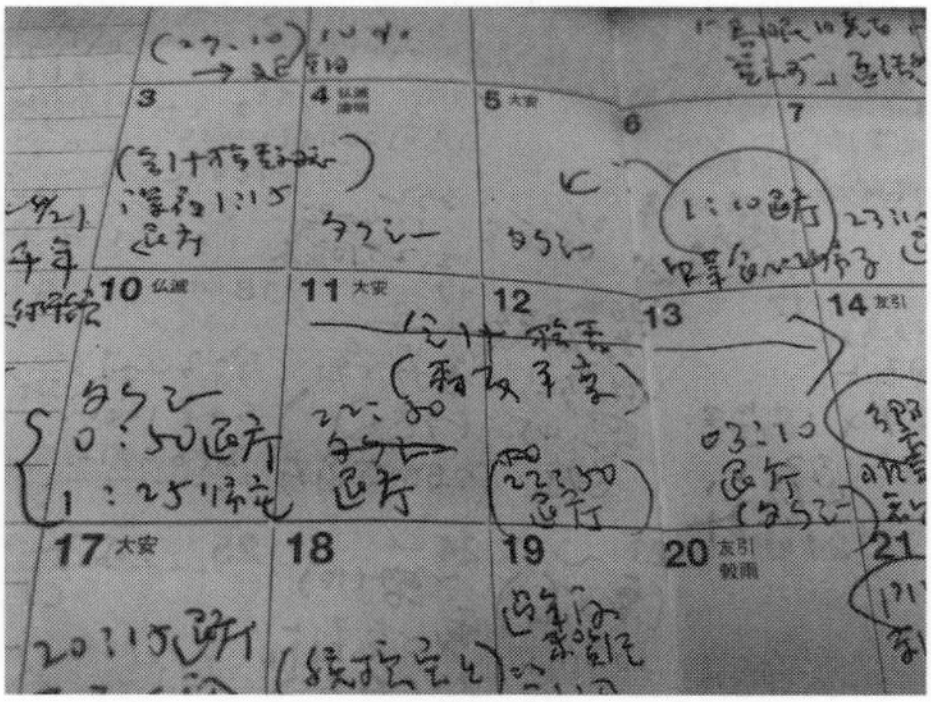

俊夫さんの手帳（2017年4月会計検査院の特別検査があった頃のもの）

改ざんを命じられた日

二〇一七年（平成二十九年）二月八日は、森友事件が始まった日。森友学園に売却された国有地だけが、金額が明らかにされない。問題の国有地がある大阪府豊中市の木村真市議会議員が、そのことで情報公開を求めて裁判を起こした。次の日、朝日新聞が詳しく報道してこの問題に火が付いた。

でもそれは後で知ったこと。私にとっては、トッちゃんの残業がいきなり増えたという形で現れた。

それでもトッちゃんの様子はこれまでと変わらなかった。連日、帰宅が深夜二時三時になっても、朝はいつも通り出かけていった。「今は大変な時なんや」と言って。長時間残業だったけど、公務員としての使命感でむしろやる気が燃え上がっているように見えた。

それが変わったのは十八日後。相澤さんは「二月八日は森友記念日」と言うけど、私とトッちゃんにとっては「二月二十六日が改ざん記念日」。私たちの人生をひっくり返した。その日起きたことを、トッちゃんは「手記」の中にありありと書き残していた。

元は、すべて、佐川（宣寿）理財局長の指示です。（中略）学園に厚遇したと取られる疑いの箇所はすべて修正するよう指示があったと聞きました。

佐川理財局長の指示を受けた、財務本省理財局幹部、杉田補佐が過剰に修正箇所を決め、杉田氏の修正した文書を近畿局で差し替えしました。

第一回目は昨年（注・二〇一七年）2月26日（日）のことです。

当日15時30分頃、出勤していた池田靖統括官（注・赤木俊夫さんの上司。当時は統括国有財産管理官）から本省の指示の作業が多いので、手伝って欲しいとの連絡を受け、役所に出勤（16時30分頃登庁）するよう指示がありました。


あの日のことを私は今もはっきりと覚えている。日曜日だった。残業残業で明け暮れていたトッちゃんも、この日は休みだった。午前中、一緒に神戸の繁華街、三宮へ買い物に出かけた。大丸神戸店の近くのお店で、お気に入りの「インコテックス」というイタリアのブランドのパンツを二本買った。トッちゃんは服装にもこだわる、お洒落好きな人だった。

その後、私の母が実家から遊びに来たので、一緒に市内の梅林公園を訪れた。そこで、トッちゃんの携帯が鳴った。通話の後、トッちゃんは「池田統括が困っているから、ぼく助けに行くわ」と言い残して職場に向かった。

トッちゃんは池田さんより年上だけど、上司の池田さんのことを信頼し尊敬もしていた。だから「助けに行く」と聞いて「日曜なのに大変だなあ」とは思ったけど疑問には思わなかった。まさか公文書を改ざんさせられるために呼ばれたとは……トッちゃんも職場に行くまで知らなかったに違いない。

後に池田さんは改ざんについて、トッちゃんが若い部下と一緒に「涙を流して抵抗した」と私に明かした。トッちゃんは生前、若い二人の部下には「やらせていない。そこはよかった」と話していた。不正な改ざん作業をやらざるを得なくなって、一人で引き受けたんだろう。いかにもトッちゃんらしい。池田さんは後になって「自分がすればよかった」と話したけど、トッちゃんに押しつけておいてよく言う。今さら言っても遅いよ。

しかも、改ざんはこれ一回では済まなかったことを、私はトッちゃんの「手記」で知った。

その後の3月7日頃にも、修正作業の指示が複数回あり現場として私はこれに相当抵抗しました。（注・近畿財務局の）楠（敏志）管財部長に報告し、当初は応じるなとの指示でしたが、本省理財局中村総務課長（現イギリス公使の中村稔氏）をはじめ田村（嘉啓）国有財産審理室長などから楠部長に直接電話があり、応じることはやむを得ないとし、美並（義人）近畿財務局長（に）報告したと承知しています。

美並局長は、本件に関して全責任を負うとの発言があったと楠部長から聞きました。（中略）

本省からの出向組の小西（眞）（注・管財部）次長は、「元の調書が書き過ぎているんだよ。」と調書の修正を悪いこととも思わず、本省杉田補佐の指示に違い（注・「従い」のミスと思われる）、あっけらかんと修正作業を行い、差し替えを行ったのです。

（大阪地検特捜部はこの事実関係をすべて知っています）

これを読むとよくわかる。トッちゃんは不正な公文書改ざんにははっきりと反対した。それに上司の楠管財部長もいったんは同調した。新婚時代に自宅を訪ねたことがある、あの楠さんだ。ところが、財務本省理財局の中村稔総務課長（当時）たちが電話で圧力をかけてきた。最後は近畿財務局トップの美並局長（当時）が「全責任を負う」と発言してゴーサインを出した。

みんな、あんまりじゃない。トッちゃん一人に責任を負わせて、後は知らんぷり？　それに「大阪地検特捜部はすべて知っている」って、じゃあなぜみんな不起訴にしたの？　納得いかないことだらけ。

そして、ここで「調書の修正を悪いこととも思わず」と書かれている近畿財務局管財部の小西眞次長について、私には忘れられないエピソードがある。国有地値引きの発覚から三か月ほどたった二〇一七年五月十四日、日曜日。トッちゃんはこの日も休日出勤だった。私もたまたま近くで用事があったので、二人で近畿財務局の最寄りの大阪メトロ谷町四丁目駅で降りて、職場までのゆるやかな坂道を連れだって歩いていた。

すると前方に、同じように休日出勤する小西次長の後ろ姿があった。トッちゃんは「あっ、次長や。あの人、こんな時にもスポーツジムに通ってる。体力ある人なんや」と話した。そこで私が「声をかけたら？」と言うと、トッちゃんは不機嫌そうな顔になって「公務員として最低の人間や」とつぶやいた。厳しい物言いに私はびっくりした。この日のトッちゃんのメモ帳には「小西次長も同時刻出勤されていた　話しはせず」と書かれていた。

笑顔が消えた

改ざんをさせられた日を境に、トッちゃんの様子は変わった。はっきりと変わった。明るい笑顔が影を潜め、暗く沈んだ表情ばかり見せるようになった。あまりの変わりように、岡山の実家で暮らす私の母と兄の一家も心配した。

母も兄もトッちゃんと気が合った。兄の妻は私と幼稚園から中学まで同じ学校で、やはりトッちゃんと仲良しだった。そして兄夫婦の三人の息子、私たち夫婦にとっては甥っ子たちも、みんなトッちゃんのことが大好きだった。よく神戸に来ては、動物園に行ったり、プールではしゃいだりしていた。私たちも岡山の実家へ行って、近くの山でみんなで虫取りを楽しんだりした。

最初の改ざんから三週間ほどがたった三月十九日。兄の家族から荷物が届いた。ステーキ肉とトンカツ用の肉の詰め合わせ。トッちゃんが働き過ぎで元気がないんじゃないかと思って、「敵に勝つ」という意味を込めて送ってくれた。甥っ子三人の手紙も添えて。

〈としおじちゃんへ

いつもお仕事ごくろう様です。大変な仕事だと聞いています。大変な仕事でかせいだ給料でぼくたちを夏休みにいろんな所へ連れていってくれてありがとうございます〉

〈としおじちゃんへ
お仕事が大変で休みもとれないらしいけど、ぼくは小学校を卒業して、●中で
勉強や部活動をがんばるから、としおじちゃんもがんばってください〉
〈最近テレビなどで森友学園のニュースをよく見ます。籠池理事長の爆弾発言などもあり、多忙の日々かと思います。早く問題が解決することを勝手ながらお祈りしています〉

兄一家が改ざんのことを知るはずもない。みんな、森友事件で多忙を極めて疲れているんだとばかり思っていた。不正な改ざんをさせられて苦しんでいたなんて、思いもよらなかった。

ちょうど同じ日、京都財務事務所舞鶴出張所の所長だった深瀬康高さんから電話があった。国鉄から同じ年に財務省に採用された〝同期〟で、採用当初からずっと親しくしていた。国有地大幅値引きの発覚後、月に一～二度ほど電話で様子を尋ねてきた。古くからの友人として心配してくれているのだろうと思って感謝していた。でも今考えると、違ったのかもしれない。

四月に入り、会計検査院の特別検査が始まった。国有地の売却が適正か、値引きに問題がないかを調べるためだ。トッちゃんのメモ帳を見ると、二〇一七年四月十一日から十三日にかけて三日間、「会計検査（森友事案）」という記載がある。マメなトッちゃんは退庁時間も手帳に書いていた。十一日と十二日は二十二時五十分。十三日は午前三時十分、タクシーで帰宅している。

この検査への対応がまたトッちゃんの悩みの種だった。手記を見るとそれがよくわかる。会計

検査院の特別検査に対し、財務省が次のような方針で対応したからだ。

決議書等の関係書類は検査院には示さず、本省が持参した一部資料の範囲内のみで説明する

（中略）

応接記録をはじめ、法律相談の記録等の内部検討資料は一切示さないこと、検査院への説明は「文書として保存していない」と説明するよう事前に本省から指示がありました

あの頃、私は毎朝、最寄り駅まで車で送っていた。トッちゃんは車内でいつもこぼしていた。「絶対うまくいかない。絶対（検査に）合格しない。絶対もう一度ある」って。実際、検査は六月にもう一度行われた。

同じ四月、淡路島にドライブに行った。その時の写真を見ると、トッちゃんは笑っていない。いつもにこにこ超明るい人だったのが、笑うこともしゃべることも減って、目に見えて元気がなくなった。いつもやさしく、けんかをしたことはほとんどなかったのに、このころから次第にいさかいが増えるようになっていった。

裏切られた人事異動

この頃、トッちゃんの心の支えは、七月の人事異動で担当部署が変わることだった。そうすれ

ば森友関連の苦行から逃れられる。上司の池田さんには内々に「動かしてもらえるよ。大丈夫だよ」と言われたと話していた。

ところがふたを開けてみると、六月二十三日の内示の日、トッちゃんは異動しなかった。それどころか、同じ職場の人は池田さんも含め全員異動するのに、トッちゃんだけこの職場に残される形になった。

しかも、さらに追い打ちをかける出来事があった。問題の国有地の売買に関する資料がすべて処分されて職場から消えていたのだという。

「それがとにかくショックやった」とトッちゃんは話し、すごく落ち込んでた。一人だけポツンと残されて、資料はすべて処分されて……あんまりだと思う。

トッちゃんは問題の国有地が売却された後に担当になったから、実際の売買交渉の経緯は何も知らない。知っているのは上司の池田さん。その池田さんはいなくなり、資料はない。となったら、後を引き継いだ人間はどうすればいいの？

トッちゃんのメモ帳には、内示の五日後、六月二十八日のところに「18：30特捜部来庁」とある。大阪地検特捜部が資料の任意提出を受けに来たのかもしれない。でも、その直前に関係資料がなくなっていた……。

異動させてもらえなかったことで、トッちゃんの精神状態は急速に悪化する。七月八日、行きつけの中国料理店でランチを頼んだ。いつもは食べきれないくらい注文するのに、この時は「ぼくは食欲ないからいらない」と言ってあまり食べなかったし元気がなかった。十五日に精神科を受診、うつ病と診断された。十九日、夫婦一緒に外出先で昼ご飯を食べた時は、震えがすごく顔は真っ青だった。その時、トッちゃんは「森友のことだけやないんや」と気になることを言っていた。そして翌二十日から病気休暇に入る。結局、そのまま復職することはなかった。

仕事を休み始めて半月後、八月五日に主治医に出した「今の心身の状態などについて」という文書がある。そこにはこんなことが書いてある。

・今でも日によっては、寝付きの悪い日や、就寝中に目が覚めて仕事のことを考えていることがあります。
・毎朝、目覚めとともに、自分がなぜこんなになってしまったのか、これからどうなるのかなどの不安が募り、身を横たえたままもがいています。
・昼間一人で自宅に居ると、必ず仕事のことや今後の自分自身の身の処し方などが頭の中を巡り、過度の不安や閉塞感に襲われます。
・このまま自分はどうなるのか、電通の有能な社員が命を絶つまで追い込まれた精神状態も分かるような気がします。

「電通の有能な社員」とは二〇一五年（平成二十七年）十二月に亡くなった高橋まつりさんのことだ。まさかトッちゃんがまつりさんの後を追うことになるとは……。

「内閣が吹っ飛ぶようなことをさせられた」

病気休暇に入って九十日がたつと、その後は休職扱いとなり、給料が減る。トッちゃんはよくお金のことを心配していた。「（職場に）戻れるかなあ。森友のとこじゃないとこに」と口にしていた。だけど職場からは「問題事案の担当は外すが部署は異動させない」と告げられたそうだ。

それでも収入を考えて職場に戻る意欲を見せていたけど、この頃もう一つ、とても気にしていたことがある。検察の捜査だ。問題の国有地の値引きや、関連文書を出さなかったことについて、市民団体や弁護士らの団体から「国に損害を与えた」と背任や証拠隠滅の容疑で告発が出て、大阪地検特捜部が捜査していた。

トッちゃんは国有地の売買には関わっていないから背任は関係ない。だけど証拠隠滅は？　当時はまだ公文書の改ざんは明らかになっていなかったけど、心ならずも改ざんをさせられたトッちゃんは、自分が罪に問われることを恐れていた。ことあるごとに「大変なことをさせられた」「内閣が吹っ飛ぶようなことを命じられた」「最後は下っ端が責任を取らされる」「ぼくは検察に狙われている」とおびえていたことを、よく覚えている。

検察による最初の接触は十一月十七日にあった。職場を通しての事情聴取の要請だ。容疑者扱いの取り調べとは違うそうだけど、不正な改ざんに手を染めた自覚のあるトッちゃんには同じように感じられただろう。震え上がって、怖くて怖くてしょうがないという感じだった。

そして十二月二十五日、トッちゃんは震える小声で私に告げた。「きょう、とうとう電話あったわ。医師は止めていたはずなのに。こんな辛いのに、ドクターストップがかかってるのに、電話が来た」……この日のメモ帳には「久保田検事より受電」とある。

実は検事は電話をかけてくる前に、トッちゃんの主治医に事情聴取が可能かどうか尋ねていた。主治医は「病状が悪化する」と聴取を止めた上で、「手紙かメールでごあいさつ程度に様子をうかがったらどうですか?」と話したそうだ。なのに検事はすぐにトッちゃんの携帯に電話をかけて二十分間も話したのだという。二十分はあいさつのレベルを超えている。トッちゃんは事実上の事情聴取だと受けとめたに違いない。主治医のカルテにも「不意打ちをさけるための〝あいさつ〟的なものであったのに、それがまさに不意打ちであった」と記されている。

これをきっかけに病状はますます極端に悪化した。トッちゃんはかつて職場で検察と関わりを持つ仕事をしていたことがあったから、検察のやり方を間近で見て知っていたらしい。

「僕は職場に復帰したら検察に呼ばれる。検察は恐ろしいとこや。横暴なところ。何を言っても思い通りの供述を取る。検察のストーリーから逃げられない。検察はもう近畿財務局が主導して改ざんしたという絵を描いている。僕が何を言っても無理や。本省の指示なのに最終的には自分のせいにされる。僕は犯罪者や」

妄想も現れるようになった。「玄関の外に検察がおる！」と何度も叫んでいた。見ている私も辛かった。私の〝趣味〟だったトッちゃんが壊れていく……壊れたみたいにずっと同じことを繰り返し言っている。職場に復帰しないとお金がない。でも復帰したら検察に呼ばれる。その板挟みが本当に辛かったんだと思う。

この頃、二〇一八年（平成三十年）二月二十二日、トッちゃんは「苦しくてつらい症状の記録」という文書を書いた。亡くなる二週間ほど前だ。そこには次のように書かれていた。

・人間生活の基本的な営みである「衣食住」や、自然な風景、芸術作品などを見ても、どの1点も安らぎと美を感じなくなった。
まさに生き地獄。
・家内にそのまま気持ちをぶつけて、彼女の心身を壊している自分は最低の生き物、人間失格
ミラクルは起こらない
・これまでのキャリア、大学すべて積み上げたものが消える怖さと、自身の愚かさ
家内や、家内の家族・親戚の皆様にも迷惑をかけることが本当に苦しい。
・自業自得、因果応報

信頼し尊敬していた上司の池田さんについても一度だけ批判を口にした。

「池田さんは仕事が雑や。池田さんがちゃんと（国有地を）売っていたらこんなことにならんかった。大学に売っとったらよかったんや」

大学とは大阪音楽大学のこと。問題の国有地の隣にある。後で知ったけど、大阪音大は森友学園より先にこの国有地を買いたいと希望して七億円以上の値段を付けたんだそうだ。それでも近畿財務局は売らなかった。それを森友学園には一億三千四百万円で売ったんだから、誰が見たっておかしい。音大に売っていればこんなことにならなかったというトッちゃんが正しい。

最後の力を振り絞って書いた〝遺書〟

そしてついに改ざんが明るみに出る日が来た。二〇一八年三月二日、朝日新聞に記事が出た。「森友文書　書き換えの疑い」「財務省、問題発覚後か」「交渉経緯など複数個所」という見出しが躍っていた。

この日のこともよく覚えている。朝、スマホで記事を見て、「この人のやらされたこと、これだったんや」とすぐわかった。本人に見せたくなかったけど、結局、見てしまった。ものすごく落ち込んで「死ぬ、死ぬ」と繰り返してた。夜中にロープと遺書を持って出ていこうとしたので止めた。

翌三日、トッちゃんは外出中の私に「もうぼくは山におるからメールもしてこんで」とメールを送ってきた。この時は私が探しに行って連れ帰ることができた。六日にも「死ぬところを決めている」と言って再び山に向かおうとした。

同じ日、トッちゃんは仲良しだった私の母に電話で「あすは検察なんです」と話していたそうだ。翌日は本来は職場へのテスト出勤の日だったんだけど、実は検察に呼ばれていると言いたかったんだろうか？　今となってはわからない。

相澤さんは、「当時、大阪地検特捜部長だった山本真千子さんならわかるはずですよ。今は大阪地検の次席検事に栄転してます」と言う。山本特捜部長が森友学園の籠池前理事長夫妻を詐欺で起訴し、一方で公文書改ざんにからんだ佐川さんたち財務官僚はすべて不起訴にした人だということは知っている。でもお会いするすべがない。

どっちにしても、そんな追い詰められた状況でトッちゃんは「手記」を書き上げた。これはトッちゃんが命を絶つ直前に最後の力を振り絞り渾身の思いで書き残した〝遺書〟。そして財務省と近畿財務局の不正を告発する文書だ。

これが財務官僚機構の実態なのです。

パワハラで有名な佐川局長の指示には誰も背けないのです。

佐川局長は、修正する箇所を事細かく指示したのかどうかはわかりませんが、杉田補佐などが過剰反応して、修正範囲をどんどん拡大し、修正した回数は3回ないし4回程度と認識しています。

（中略）

○刑事罰、懲戒処分を受けるべき者
佐川理財局長、当時の理財局次長、中村総務課長、企画課長、田村国有財産審理室長ほか幹部
担当窓口の杉田補佐（悪い事をぬけぬけとやることができる役人失格の職員）
この事実を知り、抵抗したとはいえ関わった者としての責任をどう取るか、ずっと考えてきました。事実を、公的な場所でしっかりと説明することができません。今の健康状態と体力ではこの方法をとるしかありませんでした。（55歳の春を迎えることができない儚さと怖さ）
家族（もっとも大切な家内）を泣かせ、彼女の人生を破壊させたのは、本省理財局です。
私の大好きな義母さん、謝っても、気が狂うほどの怖さと、辛さこんな人生って何？
兄、甥っ子、そして実父、みんなに迷惑をおかけしました。
さようなら

命を絶ったのは三月七日。トッちゃんの誕生日は三週間後の三月二十八日。「手記」にある通り、トッちゃんが五十五歳の春を迎えることはなかった。文面から、書き上げたのは死の当日の三月七日だとわかる。改ざんが発覚した五日後だ。

この日、私が出勤する時、いつもは部屋でぐったりしているトッちゃんが玄関まで見送りに来て言った。「ありがとう」

……「いってらっしゃい」ではなく「ありがとう」。あれは死ぬ決意の表れだったんだと、今、

思う。

職場からトッちゃんに携帯でメッセージを送った。最初は十一時四十五分。「大丈夫かな?」というメッセージにすぐ「はい」という返事が返ってきた。ところが十六時六分、「疲れるほど悩んでる?　悩んだらだめよ」というメッセージには返事が来ない。不安になって職場を早退し急いで自宅に戻った……。後で気づいたが、机の上には私に宛てた手書きの遺書があった。

雅子へ
これまで本当にありがとう
ゴメンなさい　恐いよ、
心身ともに滅いりました

「財務局に殺された!」私は心の中で叫んだ。

第4章 上司の約束は何一つ守られなかった

生前過ごした部屋

死の翌日、トッちゃんの上司が言ったこと

二〇一八年（平成三十年）三月七日。トッちゃんが亡くなった日。私は岡山の実家の兄に電話で連絡をとった。兄は家族と一緒にその日のうちに車を走らせて来てくれた。家族の気持ちがとても心強かった。

もう一人、私が連絡したのが深瀬康高さん。国鉄からトッちゃんと同時に財務省に入った同期だ。財務省や近畿財務局には不信感があったけど、彼にだけは連絡をした。

深瀬さんの連絡で近畿財務局にもトッちゃんのことが伝わった。翌八日、トッちゃんの上司だった楠さん（楠敏志　近畿財務局管財部長）が部下とともに自宅に来て私たちの前で話をした。

実はこの時の録音データがある。私はトッちゃんの死で動転していてその余裕はなかったけど、同席した甥っ子が気を利かせて録音していた。それを聞いて当時の様子を思い出した。

楠さんは部屋に入るなり「このたびは本当に僕らもびっくりしまして」とあいさつした。私は窓を指しながら告げた。

「そこで自殺しました」

楠さんが「ど、ど、どこ?」と驚くと、私は「たぶん今（その場所を）見てると思います」と返した。

楠さんは「うーん……え?　こ、こ、こちらで亡くなってるんです?」と返事をするのが精一

杯だった。

私は、トッちゃんをずっと苦しめてきた原因について切り出した。

「皆さんも想像つくとは思いますけど。今問題になっていること（公文書改ざんを朝日新聞が三月二日に報じた）を彼はさせられたと言っておりますので。それはもう、公にするつもりは……（ため息）」

すると楠さんは「これはもうここだけの話で」と口止めの言葉を口にした上で「実は、私も、あの～、たぶん、遺書かなんかはあった？」と尋ねてきた。私は「ありました」と即答した。

すると楠さんは私を取り込もうとするかのようにこんなことを言ってきた。

「我々同僚でずーっと一緒に仕事をしてきたんでね、お手伝いできることがあれば、もう全面的にさしてもらいますんでね。多分いろいろな思いもあると思いますけどもね。彼（俊夫さん）も、あの、非常に義理堅い人物なんで」

その上で楠さんは改ざんのことを話題に出した。この時、財務省はまだ改ざんを認めていなかった。

「あの～、東京の方からそういう（改ざんの）指示が出た、とかそういう話がね、ちゃんと事実が出るタイミングがあってね。たぶんそれが、まあはっきりしたことは言えませんけど、大きな山が今週来週だったんですよ。なんで、こんな命を絶つようなことをしたんだと思ってね。もう一～二週間待っときっていうのがあってね。きのう電話もらって残念で」

……これってあんまりじゃない？　「もう一～二週間待っとき」って、トッちゃんにそんなことわかるはずがない。朝日新聞に改ざんの記事が出た後すぐに伝えてくれれば、死ぬことはなかったはず。私は楠さんに言った。

「今更、もう二週間待てば、二週間待てばとか言われても、もう、命は戻ってこないので……」

楠さんは「そうやねぇ」と他人事のような生返事をした。

結局、トッちゃんが亡くなったことが、この翌日の三月九日に報道されると、その日のうちに佐川さん（佐川宣寿国税庁長官）が懲戒処分を受けて退職。三月十二日には財務省が改ざんの事実を認めた。どうしてこれをトッちゃんが亡くなる前にしてくれなかったんだろう？　せめて「そういう段取りで進んでいる」と言ってくれなかったんだろう？　亡くなった後に言われても遅い。むしろトッちゃんの死があったからあわてて動いたんじゃないかと思えてくる。

それでも楠さんは続ける。

「赤木君の気持ちが、僕もまったくよくわかるんですよ」

「まあ、こんなこと言ったらあれですけど、トカゲのしっぽ切りみたいなことは財務省は絶対ないから。俺らを信じとってくれっていうのが、僕がせめて言える言葉であってね」

私はあえて、同じマンションに新聞社の元記者の方が住んでいることを告げて、遺書を「出そうと思えば出すつもりはあります」と言ってみた。すると楠さんは再び「たぶんうち、二週間で大きな動きすると思いますわ」と言う。暗に遺書を出さないよう求めているのだろう。遺書とマスコミのことが気になって仕方がないみたいだ。

「こんな時……もう今、さっき……ですけど。もう……して、あの……みたいになって、し、新聞社とかは？」

さんざんためらったあげく尋ねてきた。夫を亡くした直後の妻に聞くことではないと思ったけど、私ははっきり告げた。

「まだ来てないですけど。ただ一応、遺書は私、預かってますので、何か出さないといけない時があれば出すつもりはあります」

「どこに？」

「それはまだ。私は頭が悪いので、どこに出したらいいかも」

「遺書って～、僕がそういうこと書かれとっても別に気にしない。ちょっと……、見させて……」

楠さんはまたもためらいながらも聞いてきた。

「それは見せるわけにはいかないです」

「ああ、そうですか」

「はい」

「ああ、わかりました」

今、改めて当時の音声を聴き直してみると、おかしさが際立つ。楠さんは二度も遺書を話題に出して、最後は「見せてほしい」とまで言っている。遺族に対してこんな失礼な言葉もないと思うけど、それほどまで遺書を見たがったのは、改ざんについて不都合な真実が書かれているのではないかと思ったからだろう。そしてとにかくマスコミを避けるように言われた。

「報道機関が押し寄せたら、えらいことになりますから」

「新聞社って怖いですよ」

「（記者が）ストーカーみたいになってるのは朝日が一番多い」

「週刊文春とかの記者も、きついですよ」

彼らはどうしても私をマスコミから遠ざけたかった。トッちゃんの手記を公表させないために。トッちゃんが命を賭けて書き残した「真実」を世の中に知らせないために。

実際、トッちゃんの「手記」では改ざんに関わった人たちが実名で告発されている。楠さんもしっかり登場している。

美並局長（当時の美並義人近畿財務局長）は、本件（改ざん）に関して全責任を負うとの発言があったと楠部長から聞きました。

楠さんの不安はあたっていたわけだ。

誰も葬儀で記帳しなかった

この日の会話ではほかにも気になることがあった。楠さんが当時近畿財務局長だった美並さんのことを何度も「ボス」と呼んだことだ。「ボスも心配していた」「ぜひともボスに（葬儀に行かせたい）」という具合に。最後は私たちの目の前で美並さんに電話して「今日ボスの時間どんな感じなんですか？」などと話している。トッちゃんは職場の上司たちに見殺しにされた、という不信感で一杯だった私や親族たちの目の前で。トッちゃんが手記で「（改ざんの）全責任を負うと発言した」と書き残した美並さんのことを「ボス」と呼び続けた。

その一方で楠さんは「頼ってください」「組織として先のことはきちっとサポートしていく」「真実がうやむやになることはない」などと繰り返した。自分たちは私の味方だと思わせたいようだった。

ところが、この会話の二日後に岡山で行われたトッちゃんの葬儀に、財務省や近畿財務局の幹部はほとんど参列しなかった。楠さんが「行かせたい」と話していた美並局長も来なかった。すごくさびしい葬儀だったことを私は今もありありと思い出す。後で聞いたのだが、通常なら職場内で周知される葬儀の日程が一切知らされなかったそうだ。神戸時代に親しくしていた職員は「知っていたら駆けつけたのに」と悔しそうに話してくれた。

それでも二十人ほど近畿財務局の職員が参列してくれたのだが、受付をしていた兄の妻（義理の姉）が私に尋ねてきた。

「財務局の人、誰も記帳してくれないんだけど、どうして？」

驚いたことに、財務局の参列者は誰一人として記帳していなかった。だから誰が参列してくれたのかがわからない。会場にいた知り合いによると、財務局の人が参列者に「記帳はしなくていいから」と話していたそうだ。その人物が、夫が親友だと思っていた深瀬さんだったことを、私は後で知った。

数か月後、財務局からご仏前が届いた。だが表に「近畿財務局幹部一同」と書かれているだけで、中にも個人名はなかった。だから誰から頂いたのかわからないし、お返しのしようもなかった。

葬儀でのこともご仏前のことも、財務省や近畿財務局の人たちがトッちゃんと関わりたくないという気持ちを表しているように思えた。組織としてサポートしてもらった覚えはないし、真実が明らかになったとも思えない。トッちゃんの死の翌日、楠さんが私に約束したことは、何一つ守られていない。

第5章　信じていた同期の裏切り

同期だった深瀬氏（左）と

捻じ曲げられた私の願い

深瀬康高さん。一九八七年（昭和六十二年）国鉄の分割民営化で財務省に移ってきた同じ転職組の〝同期〟で、研修所で親しくなったそうだ。職場での一番の親友だったし、一番信頼していた。家族ぐるみのお付き合いで、私も親しくしていた。

トッちゃんが亡くなった日、私は親族以外では真っ先に深瀬さんに電話した。深瀬さんは当時、京都財務事務所の舞鶴出張所の所長だったから遠くにいたけど「すぐに行くから」と言ってくれた。近畿財務局で頼りにできるのは深瀬さんだけだと私も信じていた。

でも翌日、自宅にやってきた深瀬さんの言葉に耳を疑った。「近財（近畿財務局）は赤木に救われた」。それってどういうこと？　トッちゃんは亡くなって、財務局は救われた。それっておかしくない？

そして私に「財務局で働きませんか？」と持ちかけてきた。夫を亡くした私に職を世話しようとしてくれたと受け取ることもできるけど、私は即座に答えた。

「佐川さんの秘書にしてくれるならいいですよ。お茶に毒盛りますから」

それを聞いて深瀬さんは黙り込んだ。

しばらくしてから、「赤木を殺したのは朝日新聞や！」と叫んだこともあったけど、私は鼻白む思いがした。だってトッちゃんに改ざんをさせたのは財務省。それで苦しむトッちゃんに救いの手を差し伸べなかったのも財務省。朝日新聞は改ざんの事実を報じただけ。だから私は「殺したのは財務省でしょ」と冷ややかな目で見ていた。

深瀬さんの言葉は不信感を抱くことの連続だったが、それでも私は深瀬さんを頼りにしていた。彼しか頼れる人がいなかったから。例えばマスコミ対応。トッちゃんの死が報じられてから、岡山の実家にいた私のところにマスコミが押しよせてきた。続々とやってきてインターホンを押し、コメントを求めようとするマスコミが怖かった。どうしたらいいのか、私は深瀬さんに相談した。するとと深瀬さんは助け船を出してくれた。

「弁護士にお願いしたらどうですか？　近畿財務局に勤めていたいい弁護士さんがいますよ」

そうして紹介してくれたのが中川勘太弁護士だ。二〇〇五年から二年間、近畿財務局で法務専門官として勤務したことがある。近畿財務局の人たちと親しい関係にあるようだった。

私はトッちゃんが亡くなって五日後の三月十二日に初めて中川先生にメールを送った。その中で、当時取材に来ていた報道関係者を次のように書いている。

〈3月10日
フライデー　フジテレビ　週刊文春　友人宅に講談社、ミヤネ屋
3月11日
フライデー　フジテレビ　ＮＨＫ　他色々

3月12日

女性セブン　共同通信〉

特にフライデーの記者がしつこく友人のところに来て困っていた。「対応の方法をお教えください」とメールすると、中川先生はすぐに返事をくれた。

「フライデーの件は、いただいた名刺を見ると、フリーのライターのようですね。この場合、会社ではなく個別の対応をする必要があるので、私から直接電話してみます。

家の周りの報道陣は、現時点では放置しておくことが一番であろうと思います。報道陣のうち、連絡先が判明した先には、順次、以下の要望書を送付しようと思います」

要望書は、遺族が深い悲しみに包まれて取材に冷静に対応できる状態にないこと、報道機関への対応は中川先生が務めること、遺族への取材要請や自宅への訪問を控えるよう求める内容だった。それでも強引に取材しようとしたある新聞社の記者に対しては「無神経な報道姿勢により二次被害を与えている」と強い調子の抗議文を送ってくれた。こうして次第にマスコミの過熱取材も鎮まっていったので、私は中川先生と、先生を紹介してくれた深瀬さんに感謝していた。

深瀬さんに不信感を覚えながらも頼りにしていた私が「これはおかしい」と強く感じたのは、麻生財務大臣をめぐる対応だった。トッちゃんが亡くなって三か月がたった六月のある日、深瀬さんから電話があった。

「麻生大臣が墓参に来たいと言っているんですが、どうですか？」

私は即座に「来てほしいです」と答えた。大臣がお墓の前で手を合わせてくれたらトッちゃんも喜ぶと思ったのだ。すると深瀬さんは「麻生大臣に来て頂きます」と言って電話を切った。ところがその後、私には知らせずに実家の兄に電話をかけた。「妹さんは大臣に来てほしいと言っていますが、マスコミが押しかけてきて対応が大変ですよ。お兄さんはお断りするということでいいですね？」

そんな風に言われて、兄はやむを得ず「それでいいです」と受け入れた。その上で深瀬さんは次の日、再び私に電話してきた。「そういうことにしますから、いいですね」と一方的に告げられて、その時の私には何も言えなかった。

しばらくして麻生財務大臣が国会で「遺族が来て欲しくないということだったので伺っていない」と答弁しているのを見た。私が言ってもいないことが、まるで事実のように語られ、それを理由に墓参に来ないとは、あまりに理不尽だと感じた。結局、私の意思なんてどうでもいい。大臣は墓参に行きたいと言ったけど遺族に断られた。そういう形を作りたかっただけなんだろう。

それからまもなくして、近畿財務局の美並局長（当時）がお供の人たちと自宅にやってきた。深瀬さんも一緒だ。この時、美並局長は言った。

「あと、深瀬から少しお話もあった、うちの麻生大臣がお墓参りに来たいっていう件はですね、奥様のご意向を伝えたところ、それでは控えさせて頂きますということになりましたので。まあ、ご安心下さいと言うのもなんですけど、おそらくまたいろいろ気を使われると思いますんで。私も大臣来るのにはあんまり賛成できなかったので、よかったなと思ったんですけどね」

私が言ってもいない「ご意向」が、またしても事実のように語られた。

麻生財務大臣の墓参は今も実現していない。私は来てほしかった。そう深瀬さんにはっきり言ったのに、私の意向はなかったことにされ、別の「意向」にすり替えられた。深瀬さんはトッちゃんの親友だと思って信頼していたのに、結局は組織のために動いていたんだ。それがはっきりわかって、私は深瀬さんから距離を置くようになった。

相澤記者にメールした

深瀬さんへの信頼が揺らぐと、頼りにできるのは中川先生しかいなかった。中川先生はマスコミが近づかないようにしてくれた。トッちゃんが亡くなったのは仕事が原因のうつ病だから公務災害にあたるとして、申請手続きをとってくれた。相続の手続きでもお世話になった。財務省だけど元々は近畿財務局に勤めていた人で、今も財務局の人たちと交流がある。そもそも中川先生を紹介してくれたのは深瀬さんだ。中川先生だけを頼りにしていて大丈夫だろうか？

そんな不安が募っていた十月、財務省から伊藤豊秘書課長（当時）が改ざんの調査報告書の説明にやってきた。その時同席した中川先生の態度は、ずいぶん財務省寄りに感じられた（第12章参照）。さらに十一月に入ると、私が不信感を持っていた深瀬さんと、公務災害の手続きなどをめぐり、私に知らせずに綿密に連絡を取り合っていたことが先生との話の中でわかった。先生が陰でこそこそ財務局側と連絡を取っていた感じがして、私は大きなショックを受けた。

そんな時、ユーチューブである動画が目にとまった。「ユーチューブ　森友学園」で検索したら出てきた動画。十一月二十七日朝六時五十六分、私は中川先生にメールを送った。

〈YouTubeに大阪日日新聞相澤冬樹記者の神戸での講演会の様子がアップされていました。最後30分くらいの所で夫の事を話されていたのが気になったので会ってお話を伺いたいと相澤さんにメールをしました。お返事いただけましたらお会いしたいと思っています〉

トッちゃんのことを講演で話してくれた。トッちゃんのことを忘れていない人がここにいる。それが何よりうれしかったのだ。

相澤記者のことを私が初めて知ったのは、この二か月前、九月のことだ。相澤記者がNHKを辞めて大阪日日新聞に転職した直後で、ネットに記事が出ていた。森友問題を追及してNHKを辞めることになった、そんな経緯が「トッちゃんに似ているなあ」と感じた。だからその時、中川先生に「手記の公表はこの人にお願いしたいです」と伝えたら、先生は「この人も組織に潰されたんですよ」と同情するように話していた。

でも、それから二か月がたって、この時の中川先生からの返信はちょっとトーンが違った。

〈相澤記者の件は、ご連絡ありがとうございます。ご判断はお任せしますが、一社に報道されることがあれば、他社の取材を抑止できなくなるリスクにはご留意ください〉

私はすぐに返信した。

〈もし相澤さんに裏切られるような事があればこの世は終わりです〉

トッちゃんが亡くなって八か月。心の底から信頼できる人がいなくなっていた私は、誰かにトッちゃんの手記を見てほしかった。誰でもいい訳ではない。森友問題を客観的にきちんとわかっていて、トッちゃんが手記に込めた思いや意味を正しく読み取ってくれる人。それはこの人しかいないいんじゃないか？　まだ会ったこともない人だったが、動画を見た印象で、そこに賭けることにした。これが事態を大きく動かすことになろうとは、まだわからなかった。

第6章　一通のメールが事態を動かした

あ [redacted]　2018年11月27日 宛先 あなた	相 あなた　2018年11月27日 宛先 [redacted]
大阪日日新聞 相澤冬樹様 **私は元近畿財務局職員赤木俊夫の妻赤木雅子と申します。** **お会いしてお話しを伺いたいのですが、お時間いただけますでしょうか。** **よろしくお願いいたします。** **赤木雅子**	赤木さま 大阪日日新聞の相澤です。 メールを頂き、ありがとうございます。 私もぜひお会いしてお話を伺いたいと思います。 本日は午後1時まで大阪で仕事があり、 夜は午後7時から大阪で会合の約束があります。

突然届いたメール

深夜のメール

ここから語り手は赤木雅子さんから「私」、大阪日日新聞記者の相澤冬樹に代わる。

二〇一八年（平成三十年）十一月二十七日、午前〇時五十一分。一通のメールが届いていることに、私は朝になって気づいた。

〈大阪日日新聞 相澤冬樹様

私は元近畿財務局職員 赤木俊夫の妻 赤木雅子と申します。

お会いしてお話を伺いたいのですが、お時間いただけますでしょうか。

よろしくお願いいたします。

赤木雅子〉

森友問題をずっと取材してきた記者として、これほど心躍ることがあるだろうか？ 赤木俊夫さんが森友事件の公文書改ざんを上司にさせられ、自ら命を絶ったのは、この年の三月七日のことだ。彼が何かを書き遺したようだという話は当時からあった。しかし厳しい情報統制が敷かれて、死を選ぶに至った事情は闇に隠れたまま、世間から忘れられていった。その当事者の妻が、私に会いたいと言ってきたのだ。すべてのマスコミの取材を断り続けている赤木雅子さんが。

私はすぐに返信した。朝七時十四分のことだ。

〈赤木さま

大阪日日新聞の相澤です。メールを頂き、ありがとうございます。

私もぜひお会いしてお話を伺いたいと思います〉

その上で、都合のいい日時と連絡先の電話番号を伝えた。するとすかさず七時三十六分に返信が届いた。

〈相澤 様

早速ご連絡いただきありがとうございます。今日は甥っ子とお昼ご飯の約束しているので梅田に行きます。午後2時に阪急梅田駅の紀伊國屋の入り口で待ち合わせでもよろしいですか。

私は夫の事を知りたくて連絡しました。夫は（国有地の）売却の経緯は知らずに亡くなりましたので相澤さんの方からの質問には答えられないと思います。

マスコミと職場（財務局）がとても怖いです。そこを理解してください。よろしくお願いいたします。

赤木雅子〉

このメールには丁寧な返答が必要だ。文面を考え、午前八時十八分に返信した。

〈赤木さまの望まれる方法・内容で結構ですよ。私に連絡をとるのも勇気が必要だったことと思います。マスコミが怖いというのもわかります。

私は31年間、NHK記者として取材してきました。その過程で、阪神・淡路大震災や福知山線の脱線事故など多くの犠牲者が出る災害・事故・事件を体験し、多くのご遺族の方にお会いしてきました。そういう場面で、メディアスクラムと呼ばれる、報道陣が殺到する様子を目の当たりにしてきましたし、時には私自身がその一員になっていました。そのことを深く反省し、今は相手の方のお気持ち最優先で取材にあたりたいと考えています。ですから、きょうお会いしましたら、赤木さまのお聞きになりたいことをお伝えしたいと思います。

待ち合わせですが、阪急梅田の紀伊國屋は入り口が左右2か所にございます。向かって左側の入り口付近でよろしいでしょうか？　私はグレーの格子のスーツに紺のタートルネックのセーターを着ておりおります。おわかりにならなければいつでも携帯電話で呼び出してください。よろしくお願い致します〉

午前十時八分。赤木さんから返信が来た。

〈相澤 様

ご理解いただきありがとうございます。左側の入り口に参ります。

昨日、YouTube で神戸での講演の様子を拝見しました。夫の事を最後にお話されていたので気になりました。相澤さんは信頼できる人だと思いました。では、2時によろしくお願いします。

赤木雅子〉

どのマスコミも取材できたことのない赤木雅子さんに会うのだ。緊張感が高まる。約束の時間、赤木雅子さんは甥っ子君と一緒に現れた。私は彼女の姿を知らないが、彼女の方が事前に私の姿をユーチューブで見ていたため声をかけてくれた。そこで甥っ子君と別れ、私は雅子さんの案内で大阪・梅田の阪急三番街地下二階の喫茶店に向かった。そこは、雅子さんが俊夫さんと梅田でよく待ち合わせた思い出の場所だと後に知ることになる。

見せられた「手記」

いよいよ赤木雅子さんとご対面だ。亡くなった赤木俊夫さんが残した文書を持っているはずのご遺族。だが事前に「マスコミが怖い」「質問には答えられない」とクギを刺されていたこともあり、すぐに取材にはならないだろうと考えていた。今回はごあいさつができれば御の字だ。それでも万一ということがある。念のため記録としてレコーダーで会話を録音しておくことにした。

ところが事態は意外な展開を見せる。雅子さんはあいさつを交わしてまもなく、カバンから数枚の紙を取り出した。「これ、見たいですよね?」それが俊夫さんの「手記」だった。存在は語られていたが記者は誰も目にしたことがなく、詳細がわかっていなかった「手記」。それが今、目の前にある。

元は、すべて、佐川理財局長の指示です。

学園に厚遇したと取られる疑いの箇所はすべて修正するよう指示があったと聞きました。

佐川理財局長の指示を受けた、財務本省理財局幹部、杉田補佐が過剰に修正箇所を決め、杉田氏の修正した文書を近畿局で差し替えしました。

改ざんの経緯が実名とともに詳しく記されている。その内容の重大性に私は興奮を隠せなかった。

「これ、コピーを取らせて頂くことはできませんか？」

「だめです」

「写真は？　メモは？」

「どれもだめです。目で見て覚えてください」

そこで私は文書を声に出して読み上げながら「この部分、すごいですねえ。こんなことが書いてありますよ」と雅子さんに語りかけた。雅子さんが周囲を気にして「声が大きすぎます」と注意するほどだった。

もちろんこれは、密かに会話を録音していることを意識して、メモ代わりにレコーダーに手記の主だった部分をすべて録音してしまうためだった。

けれど雅子さんは最後に「手記」をカバンにしまうと言った。

「これは記事にしないでくださいね。相澤さんに裏切られたら私は死にます」

その言葉にうそはないと感じられた。

夫の後を追うつもりだった

一方、雅子さんは帰りの電車の中で考えていた。

「相澤さんがトッちゃんの手記を読み上げていたのはどうも不自然だった。……あれはきっと録音していたんだわ。そうに違いない。じゃあ、手記の内容は全部録音されちゃったんだ。記事にするのかも……」

でも、記事は出なかった。

手記を公表した後、雅子さんは私に問い詰めてきた。

「相澤さん、あの時大声で手記を読んだのは録音するためでしょ？　あの時会話を録音してましたよね？」

こう追及されては素直に認めるしかない。

「はい、録音していました。おっしゃるとおりです。録音した音声の字起こしもこのパソコンの中にあります」

私は自分のパソコンの画面を示した。雅子さんは尋ねた。

「この字起こし、ご自分でやったんですか？」

「いえ、週刊文春編集部にデータを渡して字起こしをしてもらいました」

「じゃあ、文春の人もみんな手記の内容を知っていたんですね」

そうなのだ。当時、私は『安倍官邸vs.ＮＨＫ　森友事件をスクープした私が辞めた理由』という本を文藝春秋から出す直前で、発売日の十二月十三日に合わせて週刊文春で関連記事を書くことになっていた。赤木俊夫さんの「手記」の話を聞いて文春編集部は色めき立った。「それはすごい。何としても出したい。ビッグニュースになります」

その通りだが、私は無理だろうと感じていた。「出したら死ぬ」と情報提供者が話しているものを無断で出すわけにはいかない。そして雅子さんがそうすぐに考えを変えて公表に同意するとも思えなかった。文春編集部もそのことをわかってくれたから、このネタはそれから一年四か月、お蔵入りすることになる。

だいぶ後にご本人から伺ったのだが、実はあの時、雅子さんは夫が遺した「手記」を私に託し、そのまま夫の後を追うつもりだったそうだ。ところが興奮する私の様子を見て「手記」を託すのをやめ、同時に命を絶つのもやめた。つまり私は重要文書入手という記者の仕事をしくじったのだが、知らぬ間に雅子さんが死を思いとどまるという〝けがの功名〟をあげていたことになる。人生何が幸いするかわからない。

私と会った後、雅子さんは午後三時五十六分に中川弁護士にメールを送っている。

〈中川先生

相澤記者に話を聞いてきました。来月出版される本に夫の事を書いているそうです。コピーをいただきましたのでゆっくり読んでみます。

報道しないと約束してくださいました。信用出来る方です。

赤木雅子〉
私には、その日の夜九時三十九分にメールが届いた。
〈相澤様
本日は突然のお願いにお時間をいただきありがとうございました。頂いた本のコピーを読んでいます。中川先生は、商売の為や財務省に気を使うような仕事をする方ではありません。また会ってお話してみてください。わかってもらえるはずです。
是非またお話を伺いたいですし、私も記憶がなくなる前にお伝えできることはした方がいいのかと思います。メモって、夫は職場に残していたはずですし。直接検察の取り調べはなかったけど体調が悪くなったきっかけはドクターストップされていたのに夫に検察の人が電話してきたからです。それと、この本のコピーは中川先生にも読んでいただいてもいいですか？
ではお風邪などひかれませんように。お仕事楽しんでくださいね。
赤木雅子〉
私は夜十時四十六分に返信している。
〈赤木さま
きょうはこちらこそありがとうございました。当事者の方のお話を伺う機会は大変ありがたく、いつも勉強になります。本のゲラは中川先生に見せていただいても構いません。またご連絡させていただきます。

よろしくお願い致します〉

こうして赤木雅子さんとの初めての出会いは終わった。想像以上に、きちんと話をしてくれる人だと感じた。やはり実際に会ってみないとわからないことが多い。

十一月二十七日は私にとって森友取材が大きく動き始めた日。この日のことを生涯忘れないだろう。そして取材は「待つ」のが基本。取材先の気持ちが変わるのを待つことができるかどうか？　それが取材の成否を決める。私が一年四か月待つことができたのは、そこに手記があるということ、そこに書かれている真実の内容を知ることができたからだ。ほかにそのことを知っている記者はいない。私は知っているから待つことができた。

一方、赤木雅子さんにとって、この日はどういう日だったのか？　当時のことを振り返ってもらった。

「私は誰かに手記を見てほしかった。信じられる人が誰もいなくて、誰かに手記を託したかったんです。あの日、相澤さんに見てもらってよかったのか？　なかなかわからなかったけど、今なら言えます。私の考えは間違っていなかった」

第7章　親しくなったり反発したり

趣味は書道。筆をたくさん買っていた

死ねと言われている気持ち

赤木雅子さんと初めてお会いしてから十日間、私は連絡を控えていた。あまり急いでせっつくと、かえって警戒されることになると感じていたからだ。だが十二月七日、連絡を取る理由ができた。

〈赤木さま　先日はお会いできて貴重な時間をいただき、ありがとうございました。あの時お話しした本ができあがりました。ぜひ1冊、赤木さまのお手元にお届けしたいと思います。きょう夕方以降か、あす、あさってのいずれかの日にお時間を頂けませんでしょうか？その後の取材でわかったこともお伝えしたいと思います。ご返信をお待ちします。よろしくお願い致します〉

だが赤木さんからはこんな返事が来た。

〈相澤様　こんにちは。本の完成おめでとうございます。諸事情混み合っていて当分お会い出来そうにありません。　赤木雅子〉

こう返されては仕方がない。

〈赤木さま　承知致しました。いろいろ大変なことが多いことと思います。本はできましたら中川弁護士にご連絡をとって、中川先生にお預かり頂ければそのようにしたいと思います。どうぞよろしくお願い致します〉

翌日、私は神戸の中川勘太弁護士の事務所を訪れ、本を二冊贈呈した。その際、難しいだろうと思いつつ、二つの要望を打診してみた。

一つは、雅子さんから見せてもらった俊夫さんの「手記」のうち、俊夫さんが改ざんに抵抗したが、近畿財務局長だった美並氏が「全責任を負う」と言ってやらせたというくだりだけを週刊文春の記事にしたいということ。手記のことは出さず、関係者の情報として書く方法ではどうかと打診した。

もう一つは、今後の赤木雅子さんの状況次第ではあるが、いずれは手記のことや雅子さんの心境を取材して記事にしたいということ。

しかし中川弁護士は慎重だった。

「私は赤木さんをメディアスクラムから守る義務があるので、取材に火を付けるようなことは了承できません。そもそも今日はそういう趣旨で会っているのではないし、そのような要望を赤木さんがお聞きになったら相澤さんに失望するでしょう」

そう言われれば仕方がない。私はその場で要望を取り下げ、本を託して帰った。中川弁護士は赤木さんに、私とのやり取り、取材の打診があったことをメールで伝えた。その夜、赤木さんから私にメールが届いた。

〈相澤さん　信用していたんですよ。ひどいですね。死ねと言われている気持ちです〉

私はすぐに返信した。

〈赤木さま　お約束は違えていないつもりです。ご意思に背く形で記事を書くつもりはありませ

ん。そのことは今日、中川弁護士にお伝えした通りです。不審な点がありましたらご説明致します。　相澤〉

ところが赤木さんからは、

〈相澤さんのやろうとしてる事思い切り意向に背いてますから!もっと相談したい事あったのに。もう2度とお話する事ないです〉

「死ねと言われている気持ち」という言葉が気になったので、大丈夫だろうかと思い、中川弁護士に伝えたところ、以下のような返信が届いた。

〈おそらく、取材の打診をいただいたこと自体が赤木雅子さんの心情に沿わなかったのではないかと推察されます。あくまで打診に過ぎず，撤回しておられますので、論理的には「意向に背く」ということにはなりえないのですが、心情的に受け入れがたかったのかもしれません〉

「もう話はできないです」

その翌日、十二月十日、雅子さんからこんなメールが届いた。

〈相澤様　私は取材を受けたつもりがないのに13日の週刊誌に掲載されると勘違いしていました。すみませんでした。中川先生を巻き込んでのやり取りに疲れました。申し訳ないですがお話する気にはなれないです。　赤木雅子〉

取材は相手に合わせて「待つ」のが基本なのに、私は週刊文春の記事を書くことを優先し、自分の都合で「打診」をしていたと思う。だから不信を招く。赤木さんの憤りも無理はない。私は改めて原点に戻り、赤木さんの気持ちが変わるのを「待つ」ことにした。

〈赤木さま　お気になさらないでください。お話しになる気持ちになれないのもごもっともです。今はゆっくりすごして心と体をお休めになるのが第一かと思います。またお元気が出てきて、お話しがしたいという気持ちになりましたらお会いさせてください。歳末を心穏やかにお過ごしになれるようお祈り致します〉

中川弁護士には本の発売翌日に次のようにメールした。

〈中川先生　本の発売2日目ですが、早くもアマゾンで総合7位にランクインして、文春編集部も盛り上がっています。

一方で私は、本が評判になると赤木雅子さんがまた不安定になるのではと気になっています。やはり多くの方が、事件で犠牲になった赤木上席のことを気にかけていて、そのことについてさらなる解明を求める反響も届いているからです。赤木雅子さんのその後のご様子はいかがでしょうか？先生もご連絡を控えているのかもしれませんが、もしもおわかりになりましたら、差し支えない範囲で教えてください。状況が許すなら、相澤が大変感謝しているとお伝えください。よろしくお願い致します〉

するとも十八日、雅子さんからこのようなメールが届いた。

〈相澤様　中川先生より本の売れ行きが好調だとお聞きしました。よかったです。書店で今週のベストセラーと紹介されていましたよ〉〈週刊文春の記事については、俊夫さんの事を少しでも知ってくださる方が書いていると思うと嬉しいのですがとても複雑です。私が話すことが紙面にのるのは困ります。でも相澤さんは聞くと載せたくなりますよね。打診されるのも困ります。なのでもう話はできないです。手記についても今は考えられないです。勝手なことですがすみません。でも相澤さんのご活躍を陰ながら応援しています！　赤木雅子〉

私は赤木さんの意向を受け入れると同時に、俊夫さんのことを伝えたいという思いを伝えた。

〈赤木さま　本のことでメールを頂き、ありがとうございました。この本にはある意味、私の記者人生を賭けていますので、正直申し上げて売れ行きと評判が気になるところです。週刊誌の記事の方も好評で、赤木さんが見ても納得いく内容だとすればありがたい限りです。赤木さんの話が紙面に出るのは困るというお気持ちをよくわかっております。打診もされたくないという思いもわかりますので、おっしゃるとおり、今はお会いしたいという打診もしないことにします。

一方で私は、俊夫さんの思いをきちんと伝えたいという思いも変わらずにあります。赤木さんのお話という形ではなく、俊夫さんの思いを伝える道もあると思います。ですから、こちらからの打診は控えた上で、赤木さんからこのような形でご連絡を頂けるのをお待ちしたいと思います。いつになるかはわかりませんが、いつまでも気長に待っております。最後に、応援と励ましのお言葉をありがとうございました〉

十二月二十七日、私がＢＳ‐ＴＢＳの番組に出演した後は、財務省がまとめた改ざんの調査報告書のことが話題になった。

〈相澤様　BSの番組見ました。調査報告書の話をされていましたよね。確か6月4日だったと思うのですが、あの日誰も何も教えてくれませんでした。中川先生からも何も連絡なく。どの部分が夫のことか財務局の同僚の人に電話で聞き、自分で印刷して確認しました。

その数日後美並局長が来られたのですが、こんな報告書に一個人の夫の事を書く事自体、素晴らしい局長のおかげだから感謝するようにと（注・お付きの職員に）遠回しに言われました。

近畿（注・財務局）のみんなは赤木のおかげで助かったんだと言いながら何の説明もありません。森友とは関係のない夫のこの同僚（注・深瀬さんのこと）が全てを取り仕切りやりたい放題です。なんの役にも立たないお話しででした。　赤木〉

こうして十二月中はメールでひんぱんにやり取りがあったが、年が明けて二〇一九年になると直接のやり取りは途絶える。私は関連記事を書くたびに中川弁護士にお伝えしたが、中川弁護士のメールによると〈相澤様からメールをいただいていることは、雅子さんに伝えています。現在は、転送等を希望されないということでしたので、内容まではお伝えできておりませんが、雅子様のお気持ちが変われば詳細をお伝えしたいと思います〉ということだった。

この時期、雅子さんは夫、俊夫さんの一周忌を前に気持ちが揺れていたようだ。私は無理をせずに、雅子さんから再び連絡があるのを待った。そして五か月が過ぎた。

五か月ぶりのメール

次に赤木雅子さんからメールが届いたのは二〇一九年五月十三日、午前一時十八分のことだった。

〈相澤さま　お元気ですか？ずいぶん悩んだ末にメールしてます。森友のこと、このまま捜査は終結し起訴はないと中川先生に聞きました。全て明らかになってほしかったけどしょうがない。苦しんでる人もいるしこれで良かったと思うようにしてます。まるで財務局の人間みたいで嫌ですが。

相澤さんのヤフーニュース見てます。ここ1年文字を追うのがとても辛いのですが、太字があるからか、森友のことだとスラスラ読めます。4月に近財（近畿財務局）のIさん（注・国有地売却を担当した池田靖氏）の事書かれていましたよね。あれから気持ちがまたザワザワしてます。

そもそも忖度なんてなかった。8億は妥当な金額だ。航空局に騙されたんやと夫から何度も聞かされました。夫は嘘は言わないです。嘘が言えたら死んでないです。なので相澤さんの追っている、調べている方向が少し違うのではないかなあと思います。池田さんそんなに悪くないと思うんです。全部ひとり被ってるんじゃないかなあ。本質的な事よくわかってない私がこんな事いうのは失礼かと思うのですが。このままじゃ終わらないし、またいろんな人傷つけることになるから頑張ってメールしています。

お願いがあって、このメールの事話が大きくなると困るので中川先生に伝えないことと、文春とか遺書の公表とかそういう話にしないと約束してください。そしたらちゃんと根拠も伝えます。あー疲れました。　赤木〉

赤木さんが深夜、悩んだ末に五か月ぶりにメールを送ってきたのは理由がある。メールの文中にある「池田さん」のことだ。池田さんとは、赤木俊夫さんの直属の上司だった近畿財務局の統括国有財産管理官、池田靖氏のこと。メールにあるように、私はこの年の四月三日、ヤフーニュースに記事を出した。『財務省「背任」の決定的場面　～森友事件不起訴が不当であるワケ～』というその記事は、森友事件に関して大阪地検特捜部が財務省関係者らを全員不起訴にしたことに対し、三月に検察審査会が「不起訴不当」の議決を出したことを受けて書いた。その中で不起訴が不当である決定的理由として、財務省側が森友学園側に、国有地を買うために出せる上限額を聞き出し、その範囲内の金額で売った事実を「背任」の決定的瞬間と指摘している。森友側に上限額を聞き出したのが記事中で「I統括」とされている池田靖氏なのだ。

実は雅子さんはこれより二か月前、俊夫さんの一周忌に合わせて自宅を訪れた池田氏から二時間にわたり話を聞いていた。その時の池田氏の話や生前の俊夫さんの話から、国有地の取り引きにはそんなに大きな問題はないのではないかと考え、私の記事に疑問を感じていることを伝えようとしたのである。私はそのことを知るよしもないが、せっかく赤木さんからメールが届いたチャンスに返事をした。

〈赤木さま　ご無沙汰しております。去年はお会いして話を伺うことができて大変感謝しております。このたび再びメールを送って頂くのも精神的な負担があったと思いますが、お送り頂きありがとうございます。ヤフーの記事もお読み頂き、重ね重ねありがとうございます。いろいろと取材をしてもすべてがわかっているわけではないので、私が思い違いをしていることもあるのだろうと思います。

赤木さんがおっしゃるように中川先生にお伝えしないこと、文春や遺書の公表という話にしないことをお約束します。その上で、ぜひまたお話を伺えたらと思います。どうぞよろしくお願い致します〉

五か月ぶりのメール。赤木雅子さんは私と考えは違うが、真実を知りたいという思いは同じだと確認できた。翌日、赤木さんから再びメールが届いた。

〈相澤様　ヤフーニュース際立ってますね。正直に生きてるって感じです。羨ましいような痛々しいような。森友の事でこんなに傷つく人がたくさんいて誰も得してないですね。私のしようとしてる事でこれ以上池田さんを傷つけたくないけど、このまま沈黙して終わろうなんてズルいと思いませんか？佐川さんも小西さん他もズルいでしょ。私もズルいんですけどねー。ではまた楽しみにしといてください。結構エグい内容です。　あかぎ〉

池田さんをかばう気持ちと、ズルいと思う気持ちが同居していることが伝わってくる。五月十六日にはこんなメールが届いた。

〈相澤さんは結局どうなったら納得できるのですか？　私は皆殺ししかないです^_^　あかぎ〉

私はこのように返信した。

〈どうすれば納得できるかは、私の場合、真相解明して世の中の皆さんに知って頂くことですね。まだまだわかっていないことがたくさんあります。私個人にもいろんなことがあり、気持ちはうずきますが、どうしようもないのだと思っています。赤木さまの言葉はその激しさの裏に悲しみと憤りが感じられます。そのお気持ちは少しわかる気がします〉

このメールへの赤木さんの返信が気が利いている。

〈真相解明を望む人が増えるといいですね。夫の手記は「手記（真実）」というフォルダー名なんですよ。真実なのに世の中に出さないズルい嫁なので皆殺しはやめときます〉

この頃、電話でのやり取りで、赤木さんが池田さんとの会話を録音し、それを私に聞かせたがっていることがわかった。「聞けば池田さんが悪くないことがわかる」というのだ。

五月二十一日、ＪＲ大阪駅に隣接するホテルグランヴィア大阪一階のカフェラウンジで私たちは半年ぶりにお会いした。赤木さんは池田さんとのやり取りの音声データを持ってきたが、ホテルのラウンジでは聞くことができなかった。内容をかいつまんで話してもらったが、私が受けた印象は「池田さんは責任逃れに終始しているのではないか」ということで、「国有地取り引きに問題あり」という意見は変わらなかった。赤木さんは「どうしてもわかってくれないんですね」とあきらめムードだった。

一週間後、赤木さんから届いたメールには以下のくだりがある。

〈確実な証拠がないとその頑固な考えは変わらないと分かっていますが少しでも違う方向から見てほしいです。それくらいしか私にはできなかったです。これで私の任務は完了です。本当の真実が明らかになりますように〉

私は赤木さんを呆れさせるほど頑固だったようだ。以後、連絡は再び途絶える。

録音を聞いてください

それから一か月後の六月二十六日朝、再びメールが届いた。

〈おはようございます。その後、池田さんのこと冷静に考えてみると（森友側に）いくらまで出せるか聞いている事をすごく気にしておられたんです。裁判になれば全て話すつもりだとも言われていて。裁判にもならず、ずっと黒に近いグレーのまま生きていかないといけない役人の辛さみたいなのが、話したいけど話せないから手記を書いた夫と重なってしまい。それで私は気持ちがザワザワしてしまったようです。

相澤さんは仕事だから記事を書かないといけないんだろうと思いますが命がけですね。自分も相手も。来週は新聞記者って映画でも観て研究してきます。気分悪くならないといいけど。

でも籠池夫妻とタッグを組んでいたら財務局の人から益々煙たがれますよ。わかってやっておられるんでしょうが。男の世界はどこも嫉妬深く湿ってますよね。　赤木雅子〉

この時期、私は森友学園前理事長の籠池さん夫妻と各地でトークイベントに参加し、巡業のような様相を呈していた。赤木さんはそのことを指摘したのだ。

私はこのメールに返事をしなかった。すぐに言い訳じみた返事をするより、何かの機会を捉えて考えを説明した方がよいと考えたからだ。その機会はじきにやってきた。私は七月八日の朝にメールを送った。

〈赤木さん　ご無沙汰しています。　メールをお送り頂きありがとうございます。お返事をせぬままになってしまって申し訳ありません。

きょう、佐川元理財局長を証人申請するという記事をヤフーニュースに出しました。

【佐川 元財務省理財局長を証人申請へ　森友文書の訴訟で原告弁護団】（2019年7月8日 Yahoo! ニュース掲載）

また心をざわつかせてしまうかもしれませんが、ご主人のことにも触れました。この問題を考える時、どうしても触れなければいけないと感じましたので。よろしければご感想をお聞かせください。

池田さんだけに責任があるわけではありません。むしろ上の人たちにより重い責任があります。池田さんもそこを話せれば楽になるのでしょうが、組織にいる限りは、そして組織が変わらない限りは、難しいでしょうね。

籠池夫妻についてのご指摘はよくわかります。私は、彼らの刑事裁判が進行中ですので、とことんお付き合いするつもりです。

またお時間がある時にお会いください。よろしくお願いします〉

翌日、赤木さんから返信が届いた。

〈ヤフーニュース読ませていただきました。相澤さんも籠池さんもお元気そうでなによりです。健康が1番です。嫌味ではないですよ。

夫の事は気にされなくていいですよ。ザワザワはしますが、してはいけない書き換えをして亡くなったのは間違いない事ですから。池田さんのことも、私は本人から話を聞いてしまったのでご家族の状況を思うと辛いですが、でも公の場で話せないんだから何を言われてもしょうがないです。

佐川さんの話聞きたいです。佐川さんお元気なんですかね。会いたいと毎日思っているのでいつか実現しそうな気がします!

では、季節柄ご自愛ください。

あかぎ〉

五日後の七月十四日午後三時三十九分、赤木さんから短いメールが届いた。

〈相澤さん
池田さんの録音聞いてください。15分でいいので。

あかぎ〉

これは間髪入れず反応しなければならないメールだ。私はすぐに赤木さんの携帯に電話し、一時間ちょっと後の午後五時には神戸市内の赤木雅子さんの自宅マンションを訪れていた。赤木さんの自宅を訪れるのはこの時が初めてだった。

赤木さんの自宅

自宅の居間に通されると、赤木さんは窓の手すりを指さして言った。

「夫はここで首をつっていたんです」

俊夫さんが亡くなった場所で、日々雅子さんは過ごしているのか……俊夫さんの書斎を見せてもらった。ずらりと並んだ専門書と書道の道具。趣味の広かったこと、凝り性で整理好きだったことがよくわかる。

そんな俊夫さんの人となりの話をしたところで、問題の池田さんの音声データを聞かせてもらった。国有地取り引きについて自分たちに問題はない。公文書の改ざんも必要ないと思っていたが、佐川理財局長（当時）の指示でやることになった。問題はほかの人間にあると、責任逃れに終始している印象だった。私はそのままの印象を語った。赤木さんはためいきをついた。後日、赤木さんから〈あの音声を聞いても相澤さんの池田さんへの黒さ認定は変わらないようですね。残念です。なんでー？〉というメールが来た。そして連絡はまたしばらく途絶えた。

一方でこの日、私は帰り際に俊夫さんの蔵書や筆などの遺品を何点も頂いてきた。池田さんの音声データを収めたUSBメモリーもお預かりした。

関係がいいのか悪いのか、よくわからない状態だった。

私は何かきっかけがない限り自分からは連絡を取らないようにしていた。そのきっかけが八月八日にあった。赤木俊夫さんの公務災害が認定されたという記事を共同通信が配信したのだ。だが認定自体は前の年の年末にとっくに決まっていた。私はこの記事にヤフーニュースでオーサーコメントを付けた。

〈これは「過重公務」と呼ぶべきものではありませんよね。亡くなった職員は森友学園への土地売却に関する公文書の改ざんを命じられ、抵抗したのに改ざんを強要され、「自分の中の常識が壊れてしまった」と苦悩し、心を病んで休職。去年3月2日に朝日新聞に公文書改ざんの特ダネ記事が出たことで「このままでは私一人の責任にされてしまう。冷たい」と役所への不信感をつのらせて追い込まれ、5日後に命を絶ったのです。これは「不正の強要による間接的殺人」でしょう。パワハラで人を死に追いやるよりさらに悪質な行為です。公務災害と言いますが、改ざんが適正な「公務」でしょうか?むしろ国は、亡くなった職員の遺族に謝罪し賠償すべきでしょう。ここに記した事実関係は私の著書でも取り上げています。記事では「労災」「公務災害」などというきれい事で済ませず、こうした犯罪的行為の実態に踏み込んでほしかったと思います〉

すると赤木さんから反応があった。

〈相澤さん　ありがとうございます。あの記事を読んでとし君もとても喜んでる事と思います。代弁してもらって嬉しいです。近財や東京の人に読んでもらいたい。上から言われたことはＮＯと言えない。戦争と同じや。とよく言ってました。ほんと辛かったですから。殺されたんだと思う。メールで説明するのはしんどいので、またお話する機会があれば。

でも前に進みました。佐川さんのことです。相澤さんは近々東京に行かれる予定はありますか？　赤木〉

こんな思わせぶりなことを言われては反応しないわけにいかない。急きょ翌日に会いに行くことになった。二度目のご自宅訪問だ。その時の話で、赤木さんが中川弁護士を介して佐川氏宛に手紙を出すことになったとわかった。

たまたまこの日、検察審査会が不起訴不当の議決を出した佐川氏をはじめ財務省関係者全員に、大阪地検特捜部が再び不起訴の判断を出したことが記事になった。私は再びヤフーニュースの記事にオーサーコメントを書き、翌朝、それを赤木さんに送った。

〈赤木さん　きのうは急きょご対応頂きありがとうございました。佐川氏らが不起訴になった記事についてヤフーニュースでコメントを出しました。読みやすいように全文をここに貼り付けますね。

不起訴自体は既定路線と言えるから驚くに値しない。大阪地検特捜部が東京の法務検察当局と

その背後にある政治に再び屈したということだ。大阪特捜はフロッピー改ざん事件で失墜した信頼を回復する絶好のチャンスだったのに、自らそれを放棄したとは残念だ。そしてもう一つ残念なことは、先月24日に読売新聞が「今週中にも再び不起訴へ」という前打ち記事を書いたこと。実は、大阪読売の記者が大阪の検察幹部に「あれは東京情報で書いたんです。大丈夫でしょうか?」と聞いて回っているのだ。これは東京の権力側の思惑でリークされた情報を垂れ流したことを意味する。読売は去年5月の最初の不起訴の際も「不起訴へ」と前打ちしている。前川喜平元文部科学事務次官の「出会い系バー」通いを書いたのも読売だった(注・加計学園の問題を告発した前川氏について「出会い系バーに通っている」という記事を読売新聞が書いた。前川氏は「女性の貧困状況を調査するために行った」と話している)。私たちは、報道機関が権力のお先棒を担いでリーク記事を垂れ流す、恐ろしい時代に生きているようだ。

東京にはやはり行ってみようかと思います。郵便がまだ出されていないとしても、佐川さんが自宅にいるのかどうか見届けてきます。結果はまたご連絡します〉

すぐに返信が来た。

〈相澤さん　恐ろしい時代に生きているって身をもって感じます。たくさんの人に気づいてほしいですね。東京。この暑い中頭が下がります。記者って大変なお仕事なんですね。お疲れ出ませんように。赤木〉

取材なんかしなきゃいい

翌日、私は実際に都内の佐川氏の自宅を訪れ、その結果をメールで報告した。

〈赤木さん　きょう昼過ぎ、佐川さんの自宅に行ってきました。自宅前に車は止まっていますが、ピンポンを押しても反応がなく、留守のようでした。郵便受けの中には中川弁護士からの郵便物は届いていませんでした。そしてあることから、どうやら今月に入ってから一度も自宅に戻っていないらしいことがわかりました。でもあきらめずに、今月下旬にもう一度トライしようと思います。暑い日が続きますが、お体に気をつけて下さい。

記者の仕事が大変とおっしゃいますが、どんな仕事もみなそれぞれ大変だと思います。私は好きな仕事をしていますから幸せです。それを感じられない記者が、他人を不幸にする取材をするのだと思います〉

次の日、赤木さんからねぎらいのメールが届いた。

〈暑い中お疲れさまでした。残念ながら明日（佐川氏への）郵便届くそうです〉

私はめげていないことを示そうとこんなメールを返した。

〈暑さには強いので平気ですよ。佐川さん宅の写真をご参考にお送りします。佐川さんがあの手紙を見てどう反応するかですね〉

そして、路上から撮った佐川氏の自宅の画像とともに、家を背景にした自分の画像も添えた。

それを見て赤木さんは、

〈幸せそうな家ですね。相澤さんも幸せそうでうけます（笑）〉

これに私は、自宅前で感じたままのことを書いた。

〈外見は幸せそうでも、もうあの家に住む家族は幸せではないと思います。佐川さん本人は、自分がやったことだから仕方ないとしても、妻や娘には関係ないんですけど、どうしても巻き込まれますね〉

すると赤木さんから一言。

〈じゃ取材なんかしなきゃいい。〉

一日おいて八月十三日、続きのメールが届いた。

〈佐川さんのご家族もご苦労が多いと思います。だからそっとしてあげたらいいのにとも思います。でも私と一緒にはしてほしくありません。生きてたら一緒にご飯を食べたり笑うこともできるでしょう。やはりあの家族にも私は同情はできません。池田さんのご家族がどんな思いでいるのか想像してください。私はやっぱり池田さんの家族は守ってあげたい。所詮相澤さんはマスコミのひとりです。朝日や毎日と何も変わらない。ただ森友のことで大好きな仕事を失った夫と共通点があった事、それとお互いを利用しようとしている事があっただけです。佐川さんのご家族は私や父のように悲嘆に苦しむ状態ではないでしょう。あかぎ〉

ちょっと親しくなったかと思ってうかつな言葉を出すと、相手の心に土足で踏み込むことになる。赤木さんの静かな怒りを感じ、私はしばらく連絡を控えることにした。

坂本龍一探究序説

しかし程なく連絡は再開した。八日後の八月二十一日、赤木さんがメールを送ってきた。

〈相澤さん　これ以上夫の事知っていただいても困りますよね。でも近畿財務時報送ります。ぜひ読んでください。人生いちばん楽しくて職場も温かく自信に満ち溢れていた頃かな？〉

メールとともに送られてきた「近畿財務時報」とは近畿財務局で出されていた〝社内報〟のようなものだ。発行は平成五年三月と書かれているから結婚前。そこに赤木俊夫さんの「坂本龍一探究序説」という文章が記載されている。テクノポップの先鋭、ＹＭＯが「教授」こと坂本龍一さんとの出会いだったこと、「教授」のどこにひかれたのかを綴っている。そして終章で、坂本さんの音楽がダイナミックであるように、政治のダイナミックスに魅了されて大学で政治学を専攻したと記している。その部分に私は注目した。

坂本龍一探究序説

京都財務事務所・理財課
赤木俊夫

1、Prologue（序章）

人間誰にだって自分自身の思考に対して特別な影響を与えた人物はいるはずである。それが漱石であったり、三島であったりするように、坂本龍一とは、ぼくにとってそのような存在なのだ。

本稿では、ぼく自身の果敢な二〇代に対してあらゆる方向性をもって強烈に影響をあたえた音楽家「坂本龍一」を紹介しながら自分自身の思考を静かにかつアーティスティックに吐露しようと思っている。

2、Main Theme ——坂本龍一

「教授」のニックネームで知られる坂本龍一が、大島渚監督の映画『戦場のメリークリスマス』にデヴィッド・ボウイやビートたけしと出演し、さらにテーマ音楽を担当していたことは有名である。

また、八八年にはベルナルド・ベルトルッチ監督のあの『ラストエンペラー』では、アカデミー賞を受賞し、映画の中で清朝皇帝溥儀（ふぎ）役を演じるジョン・ローンに満州国設立の調印をさせている教授のボソボソしたしゃべりがステキで、この映画のすべてがアーティスティックである。

教授とぼくとの出逢いは、一九八〇年代に世界でテクノポップの先鋭となったＹＭＯ（イエローマジックオーケストラ）の音楽である。

そのYMOの音楽のなかでも、特にTong pooなどは今でも世界中で愛されている名曲で、最近のコンサートでも別のアレンジによって演奏されていて、非常に快楽的な音楽だ。

近代建築のそびえる街のなかに、静かに建立されている京都の寺院建築が、まったく違和感を感じさせることなくぼくらの心を和ませてくれるように、教授の音楽がもつ快楽的なビートは、ぼくの心を鋭く刺激し、センチメンタルなメロディーラインは、安らかな静寂を与えてくれるのだ。

教授の音楽は、ゴダールの絵画的な映画のように、まさに『音楽図鑑』である。コンサートでピアノに向かう教授の姿はとにかくカッコいい。ピアノを弾く教授へのあこがれから、ぼくはラップトップワープロにその代償を求め、アーティスティックなピアニストのように鍵盤？を毎日たたいているのだ。

3、Epilogue（終章）

一九八九年の東西冷戦構造の終焉に端を発した歴史的大変革が次々と続出するという環境のなかで、ぼくは大学へ入学した。そして、政治学を専攻したことは今から思うと、「政治というもののダイナミックス」に魅了させられたのかもしれない。坂本龍一の音楽もまさにダイナミックなのだ。

大学は、ぼくにとって単なる知識の提供機関ではなくて、逃避することのできない社会現象の不合理性や構造の矛盾に対して、マクロ的な視点から考えられるようにぼく自身の「脳のシステムの変革トレーニング」を提供してくれたし、すばらしい友達も得ることができた。

ぼくの四年間にわたるこのトレーニングに暖かく応援してくださった多くの上司や先輩方に対して心から感謝の気持ちで一杯である。

ぼくの中に流れる陽気なラテン系の血は、昆虫採集のためにこれから森の中に入ろうとする子供のような好奇心の集合体を、脳の中に増殖させていく。

（近畿財務時報　平成五年三月）


〈赤木さん　これ、すごいじゃないですか！　ご自宅の部屋を拝見したときも感じましたが、坂本龍一が本当に好きだったんですね。終章の『社会現象の不合理性や構造の矛盾』という言葉は、その後のことを思うと本当に切なくなります。財務時報を送っていただきありがとうございます〉

赤木さんからはただ一言、「とても切ないです」と返ってきた。私は言葉に詰まった。

実はこの日、赤木さんは中川弁護士と会って今後のことを相談している。赤木さんは佐川氏の謝罪を求めていた。佐川氏が謝罪しないなら、裁判に訴えたいと考えていた。しかし中川弁護士に依頼してもなかなか物事が進まないと感じていた。マスコミに情報提供して佐川氏にプレッシャーをかけるという中川弁護士の考えにも納得できなかった。思い悩んだ末に、近畿財務時報についてのメールを私に送ってきたのだ。そして相談があると求められた。

翌日、私は赤木さんの自宅を訪れた。赤木さんは言った。佐川氏に謝罪してもらい、真相を明らかにしてもらうにはどうすればいいのか？　手紙を出すという今の方法でいいのか？　迷いがあって中川弁護士に相談しても、いつも強い口調で「そうはいかないんですよ」などと上から目線で言われるので、引き下がってしまう。でも納得いかずに不満と不信が募る。

そんな思いを抱えていたことを初めて聞くことができた。そこで私は「赤木さんは依頼人なんだから、弁護士さんに何でもお願いしていいし、願いがかなうように伝えたらいいんですよ」と話をした。

その直後、赤木さんは中川弁護士にメールを送っている。

〈お話にあった佐川さんを探すためにマスコミを使うというのはやめてほしいです〉

〈今後、現職（の財務省職員）の方々に謝罪を求めるのは（近畿財務局の）ＯＢでもある中川先生には立場上難しいことですか。深瀬さんのことも絶対許せないですし。正直に言うと、中川先生と話していると財務局の方と話している感覚になります〉

これに対し中川弁護士は、〈マスコミを使う手法に変わるやり方として、佐川氏が放置するなら裁判を起こすと財務省に伝える方法がある〉〈佐川氏に現職への謝罪要求は送付先さえわかれば書面を送る〉〈自分は2年間近畿財務局で勤めたが今ではほとんど関係がない〉などと伝えてきた。これを受けて赤木さんは私にメールをした。

〈相澤さん　この先のこと、このままでいいのかすごく迷っていたのですが、結果もう一度中川先生に相談することができました。佐川さんの事は違う方法で進めていただけることになりました。相澤さんの話をきいて進みました。ありがとうございました。思った事は伝えないとと思いました。またどうなるか報告します。全て九月になってからです〉
〈赤木さん　思うことを伝えることができて、望む方向に進み始めたようで、よかったですね。思ったことは伝えないと、というのはその通りだと思います。きょうはある取材で豊中に行って、あの国有地を久しぶりに見てきました。どういう話だったのか、またお伝えできればと思います。今月末には東京にまた行く予定です〉
山あり谷ありではあるが、少しずつ信頼されるようになってきたことを、私は実感し始めていた。

第8章　運命を変えた弁護士の一言

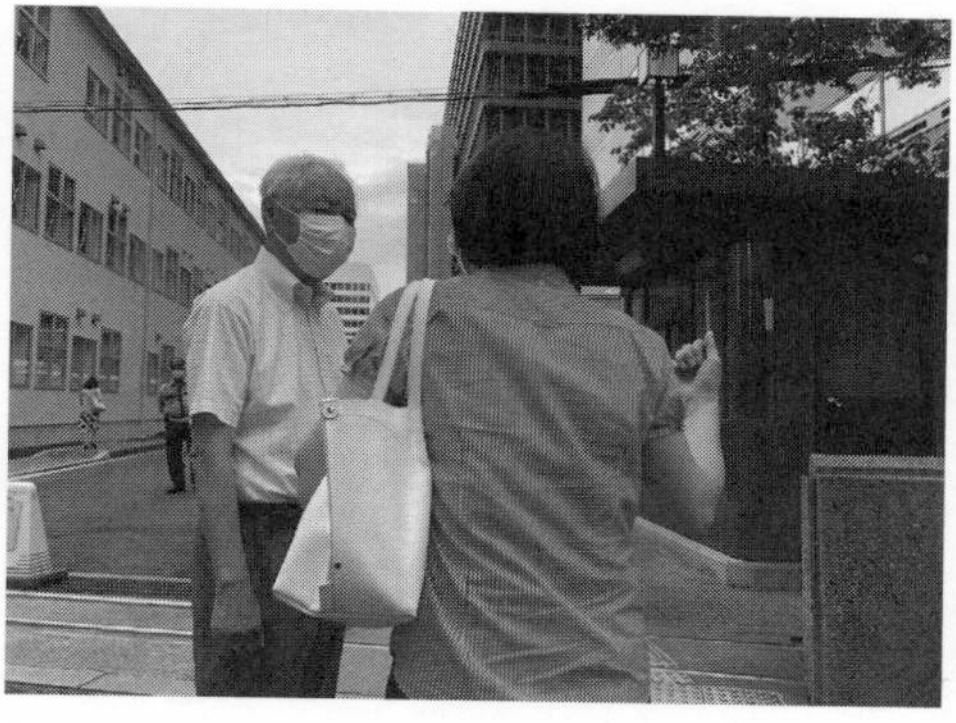

阪口徳雄弁護士（左）と雅子さん

佐川元局長の反応

二〇一九年（令和元年）九月に入り、メールでのやり取りは一段と頻繁になった。

《九月四日》

〈相澤さん　今、佐川さんに2度目の郵便を送っている状態です。返事がなかったときは訴訟になることに。詳しい説明は来週くらいにあります。相澤さんはこれで少しはいい方向に行くと思われますか？　赤木〉

〈赤木さん　いい方向に向かうと思いますよ。向けましょう。自分で行動することで運命は変わっていきますから。私は今、東京へ向かっています。あす、佐川さんの自宅の様子をうかがってきます。その結果をまたお伝えします〉

〈相澤さん　そうですね。前に進むしかないですね。まずは先生（中川弁護士）の話聞く事から。ありがとうございます。　赤木〉

《九月十日》

〈赤木さん　佐川さんの自宅に行ってきました。相変わらず人の気配はありませんが、前回はあった郵便受けの郵便物が何もありませんでした。つまり誰かが郵便物を取り出したわけで、赤木さんの（弁護士さんの）手紙も受け取っているはずですね。それでどうなるか、というところですが。きょうは中川先生のところに行く予定ですよね〉

〈相澤さん　今から事務所にいくのですが、今朝になって佐川さんから手紙を読んだと反応あったんです。今日話があるの知ってたのかー?と思うタイミングです。とりあえず行ってきます！〉

なんと、佐川氏から反応！　これには驚いた。

〈赤木さんすごいです〜。佐川さんに訴えが届いたのかな?　後ほどお話を聞かせて下さい〉

〈相澤さんへ　スタートきった感じです。ただ佐川さんに謝ってほしいだけなんですけどね。色々ありすぎて正直よく覚えていませんが、相澤さんが背中を押してくださいました。ありがとうございます。でもまだ何もお伝えすること始まっていないので何かあったら連絡します！　久しぶりに気分爽快です^_^　赤木〉

〈赤木さん　それはよかったです。気分爽快というのが何よりですね。そういう気分になれたというのが本当によかったです。けさ佐川さんから手紙を読んだと反応あったというのは、どうやって届いたんですか?　手紙ですか?　メールですか?　電話ですか?〉

実はこの情報は、佐川氏が財務省の改ざん調査報告書を取りまとめた伊藤豊前秘書課長に伝えたものだった。近畿財務局の米田人事課長から中川弁護士に伝えられた伝言は、下記のとおりだった。

〈佐川氏は、中川弁護士から頂戴した書面を2通とも拝見している。返事はお出しできないが、しっかりと読ませていただいていることをお伝えいただきたい〉

まさに、ただ「読んだ」だけである。

〈赤木さん　佐川さんの返事、ただ『手紙を読んだ』だけではねえ。読んでどう思ったのか一言でも返してほしかったですね〉

本当のことを言って楽になる

次に私がメールを送ったのは一か月後だった。

《十月十一日》

〈赤木さん　ご無沙汰しています。きょう、ヤフーニュースに記事を出しました。近畿財務局の前で木村市議が呼びかけを行ったニュースです。この記事の中で繰り返し俊夫さんのことを書いています（匿名です）。つらいことを思い出させてしまうかもしれませんが、よろしければご覧ください。

【「近畿財務局の皆さん ほんとのことを話してください」森友事件 真相究明のために】〉

ほんとのことを話してほしい近畿財務局の職員ナンバー1は、土地取引の責任者だった池田靖氏。赤木俊夫さんの直属の上司でもあった。

〈相澤さん　池田さん、額に汗かいて泣きそうな顔をしてるんじゃないかなー。台風の影響か、六甲おろしがすごいです。被害が少ないといいですね。　赤木〉

翌日、私は池田さんについて返信した。

〈赤木さん　台風の影響はいかがですか？　危険なことがなければいいのですが。

池田さんについては、私は前から、違法な値引きをしたけれど、それは池田さん自身の意志でしたことではなく、上司にやらされたのだろうと思っています。俊夫さんが自分の意志とは無関係に文書書き換えをさせられたのと同じです。ですから、池田さんが早く本当のことを言って楽になればいいのにと思っています。でも、今の政権が続く限り無理かもしれませんね。またよろしくお願いします〉

このメールへの赤木さんの返信は手厳しかった。

〈相澤さんのしてる事は池田さんが楽になることには全く近づかない。楽になるようにもっとなんかいい方法ないんですか？　本当のことを話せる空気をつくる方法はないんですか？　頭いいんですよね。池田さんのこと助けてあげてください〉

〈赤木さん　池田さんが楽になる方法を考えてみました。間違いなく楽になるのは、彼が本当のことをすべて話すことですが、今のままでは難しいと思います。そこで事前の策として、例えば赤木さん同席のもとで池田さんと私がお会いするというのはどうでしょうか？　もちろん、そこで聞いた話は了解なしに記事にしたりしないという約束で。私はこれまで赤木さんとの間でもお約束を守ってきたと思います。

そうは言っても池田さんが乗ってくる可能性は低いと思います。でも、もしも会って自分の言いたいことを話してくれれば、少しは楽になると思います。人間、辛いときに誰かに話を聞いてもらうだけで、かなり楽になりますからね。今すぐ私が思いつく知恵はこれだけです。これから

も もう少し考えてみます〉

〈相澤さん　池田さんを楽にする方法は、家族を養っていくお金か仕事と安心して暮らせる家と誰からも責められることのない社会的な居場所を提供できるかです。あの職場はそれをギリギリ握ってます。籠池夫妻、木村市議と繫がってる事はハードル高いですよ。　赤木〉

〈赤木さん　あの職場がそれをギリギリ握っているなら、なぜ池田さんは楽になれないんですか？　それだけでは足りないからです。あの職場はそれを盾にとって彼に不正な土地売却をさせ、さらにそれを盾にとって黙らせているからです。彼はこのままでは決して楽になれません。楽になるのは話した時だけだと私は思います。

木村市議とはもちろんつながっていますし、この関係は続くでしょう。でも、だからといってそれが池田さんに悪い影響があるとは思いません。むしろ木村さんは池田さんの救世主になり得ると思っています。今のままでは難しいですけど〉

〈相澤さん　このまま野党やマスコミの人たちがさわがなかったら黙ったまま逃げ切ってギリギリ楽になれると思います。それを毎月あんなことされて（木村市議たちが毎月行っている近畿財務局前での呼びかけ）人生踏み潰して逃げられなくして、死ぬのを待つだけじゃないですか。死にそうにないけど。そんな救世主なんて信じられない〉

誰が信用できるか

これに私は「巨大組織は恐ろしい」というタイトルで少し長いメールを送った。

〈赤木さんは「黙ったまま逃げ切って楽になれる」と書きましたが、それは真実にふたをしてなかったことにするということですよね。それでいいんでしょうか？　私が言いたいのは、真実にふたをしたままでは、逃げ切ったように見えて、結局は自分が苦しくなるということです。真実にふたをして楽にはなれないんです。

私は誰の人生も踏みつぶそうとはしていません。人生を踏みつぶしているのは池田さん自身で、私はそれを楽にしてあげたいと思っているだけです。救世主だなんて思っていません。何事も強制はできないので、こういう道もありますよと手をさしのべたいだけです。なぜなら私自身が池田さんの立場をある程度わかるからです。

私もＮＨＫという巨大組織にいて、組織から黙らされそうになった。この組織にいれば安定した収入と社会的立場を得られることはわかっています。だけど、黙らされるのが嫌で組織を飛び出したんです。そして自由にものが言えるようになり、楽になったんです。そのことはおそらく赤木さんもわかってくれていると思います。私は、こういう考え方もありますよ、という発想の転換をお伝えしたいんです。

巨大組織は恐ろしいですよ。組織の一員を簡単に切り捨てます。簡単に踏みつぶしてしまいます。そういう人をいろいろ見てきました。踏みつぶされないようにしなければいけません。巨大組織の意向で動く人を簡単に信用してはいけません。赤木さんも踏みつぶされてしまいますよ。

気をつけてください〉

赤木さんは激しく反応した。

〈私は誰に踏みつぶされるんですか？　誰を信用したらだめなんですか？　もしかして中川先生ですか？〉

ここでいきなり中川弁護士の名前が登場した。中川さんの話を一切していないのに。「何かある」と私は感じた。

実は赤木さんはこの前日、私にこんなことを知らせていた。

〈今日の国会はご存知でしょうか。麻生さんが弔問について答弁されているので動画見てください。23分過ぎです。私は来てほしくないなんてひと言もいってないんですけど〉

同じ日に赤木さんは中川弁護士にもこのことを伝えていた。

〈中川先生　今日の国会（23分過ぎ）で麻生さんが、弔問は遺族が来てほしくないと言っているので行っていない。と発言してます。私はそんな事言ってないです。深瀬さんです〉

これを受けて中川弁護士が対応すると赤木さんは受けとめていたが、実際には何も変わることがなかった。

池田氏のことで激しくやり合った翌日、十月十三日。赤木さんの気持ちは少しおさまっていた。

〈相澤さん　台風がまだ暴れてますね。昨日は私も暴れて失礼なことたくさん言ってしまいすみませんでした。池田さんのことは相澤さんの言われる通り、本当のことを公にするのが一番だと思います。でも記事にある財務局前の写真を見たりすると本当のことを言えずに騒ぎがすごくて押しつぶされた夫と似ていて逃してあげたくなるんです。そう言いながら本心は夫を見殺しにしたんだから押しつぶされて死ねばいいのにと思うことがあるんですよ。とても複雑です〉

赤木さんが相矛盾する胸の内を明かしてくれた。メールはさらに続く。

〈もう池田さんの話はやめます。麻生さんのことは、お墓まいりを握り潰した金沢の同期（深瀬氏のこと）に謝罪してほしいと思っていましたが、中川先生が、そんな小物よりもっと上の大物を狙いましょうということで、訴訟の中のひとつに入れてくださることになりました。今は公務災害の経緯の情報開示請求？しているところです。それが届くのに時間がかかってます〉

公務災害の情報開示請求とは、俊夫さんについてなぜ公務災害だと認めたのか、担当した人事院に理由をきちんと明らかにするよう求めていた。裁判の証拠の一つとするためだ。しかしその裁判をめぐり赤木さんには大きな悩みがあった。

〈家族も親戚も裁判するなんて反対だし、裁判なんて経験ないし相談できる人もいません。そして最大の悩みは中川先生とまともに話が成立しないことです。私はあの先生の質問にうまく答えられないです。森友のことに詳しい知り合いは相澤さん以外だれもいません。もしよかったらこれから色々教えてほしいです。よろしくお願いします。私はつぶされませんから。赤木〉

中川弁護士と意思の疎通が取れていないことを赤木さんが初めて明かした瞬間である。「やはりそうだったのか」という思いがした。

〈赤木さん　ご丁寧なメールをありがとうございます。このメールを頂いた時は、ちょうど三重県尾鷲市に講演に向かおうとしていた時でしたので、ご返信が遅れました。

池田さんに対する相矛盾したお気持ち、もっともだと思います。俊夫さんのことを思わせるから同情する。でも俊夫さんのことを見捨てたと思うと憎らしい。当然の気持ちです。変にどちらかの気持ちを押し殺そうとせずにそのままでいいと思います。

裁判について反対する方が周りに多いようですが、私は大賛成です。黙っていてはいけません。裁判を起こすということは、相手に言いたいことを言わせてもらうということですから。

でも、肝心の弁護士と意思の疎通が難しいというのは困りますねえ。依頼人と意思疎通するのは弁護人の役目であって、依頼人の役目ではありません。そこをきちんとしてもらえるようにしたいですね。あとは、中川さんがどこまで国（財務省・近畿財務局）を相手に本気で闘うつもりなのかというのが気になります。私でよろしければいつでもご相談下さい。今は尾鷲。あすは鳥取県米子市。15日に大阪に戻ります〉

〈相澤さん　お忙しい中ありがとうございます。人事院に（情報公開を）請求してひと月が過ぎたのでそろそろ届くと思います。届いたら話し合いです。その時にはまた相談させてください。よろしくお願いします。

先生は本気で取り組んでくださっています。この前、佐川さんはすっごい弁護士をつけてくるとおっしゃってました。すっごい弁護士って何がすごいのかよくわかりませんが私は中川先生を

信じて頑張ります。何年もかかるそうなので。お疲れ出されませんように。　赤木〉

この時点では、迷いながらもまだ中川弁護士を信じて頼ろうという気持ちだったことがわかる。

「うちの弁護士」

二日後の十月十五日、赤木さんは俊夫さんが亡くなって以来通っているカウンセラーのもとを訪れた。

〈相澤さん　今日カウンセリングで、夫の事は私にも家族にも主治医にも、あの時どうやっても助けることはできなかったでしょう。と言われました。改ざんが原因なのは確実で裁判しようとしていることは間違いではないよと言われました。私はずっと助けられなかったことを悔やんでいました。亡くなったのは自分のせいだと思っていたので引け目がありました。けどやっぱり悪いのはあの組織ですね。ならば佐川さん以外の池田さんもなんで夫にやらせたかを話すべきですよね。近財の局長も責任とると言ったのなら話すべきです。中川先生にお願いしようと思うのですが、他にも私に出来ることあるのか教えてください。　赤木〉

〈赤木さん　私もカウンセラーの方の言うことに同意見です。助けられなかったのは赤木さんのせいではなく、あの組織に責任があります。だから佐川さんに賠償を求めるのはわかります。池田さんや近畿財務局の局長も証人申請して認められれば、法廷で話をさせることができます。ただ、証人申請を認めるかどうかの判断は裁判所次第です。

ところで、佐川さんはすっごい弁護士をつけてくると中川さんがおっしゃったそうですが、すっごい弁護士って具体的には誰でしょう？　もしも聞き出して頂けたら、どういう弁護士か探りを入れます。弁護士業界に知り合いがいろいろいますので〉

〈相澤さん　ありがとうございます。難しいけどよく分かりました。相談してみます。佐川さんはすっごい弁護士つけてズルズル引き伸ばすだろうとおっしゃってました。弁護士が分かったら連絡します。池田さんもこれをきっかけに全てを話せるようになったらいいですけど。あの職場にいる限り難しそうですね。

裁判の中で手記も公表します。カウンセリングはありがたいです。　赤木〉

もちろんそうなるだろうと思っていたが、この時初めて赤木さんは裁判の中で手記を公表する考えを明らかにした。

十月三十一日、赤木さんに中川弁護士への疑問を感じさせる出来事があった。

〈相澤さん　来週池田さんに会うことにしました。中川先生にはまだ報告していません。裁判があるからやめたほうがいいなら会うのはやめるつもりです。池田さんに中川先生が同席してもいいですか？と聞いたら、池田さんは中川先生のことを「うちの弁護士ならいいです」と言ってました。うちのってなんか変ですよね。　赤木〉

もちろん変だ。

〈赤木さん　池田さんの「うちの弁護士」発言は「語るに落ちた」ということでしょう。やはり近畿財務局の意向も受けている弁護士なんでしょう。完全には信用せずに、でも信用しているポーズは続けて、慎重に構えましょう。

ところで、きょう、以下のような記事をヤフーニュースに出しました。俊夫さんがあのような思いをさせられたのに、不当なことだと思います。よろしければご一読下さい。

【森友捜査の女性元特捜部長が大阪地検ナンバー2の次席検事に栄転】〉

森友事件で財務省の全員不起訴を決めた大阪地検特捜部の当時の部長が、函館地検の検事正に転出した後、再び大阪地検に次席検事として戻ってくる。これは将来、天皇の認証を受ける「認証官」である検事長というポストにつく可能性の高い栄転だという記事だ。

〈相澤さん　記事を読みました。森友に関わるとみんな出世しますね。私も黙っていたのでご褒美に公務災害が早々に出たそうです。この先相澤さんの記事にもあるように池田さん達のことは検察がいろんな資料を持っているのに裁判にならないから明らかになることはないんですよね。

先週、埼玉県の水害があった地域にボランティアに行くことができました。1年前なら考えられないことです。私は裁判していいことも悪いこともハッキリすることが大事かなあと川越で土砂にまみれながら強く感じました。それにしても人事院おっそいわ。　赤木〉

池田さんをめぐるやり取りはその後も続く。

《十一月五日》

〈相澤さん　明日池田さんにお会いすることになりました。急遽帰国している義弟と甥っ子と財務局の田口さんと5人で。明日は込み入った話はできないので改めて自宅に来ていただくようお願いしますが同席してくださいますか？池田さんが相澤さんを拒否されたら無理ですが。近々の土日で午後3時以降で空いている日があれば教えてください。

金沢にいる同期の人（深瀬氏）に赤木のおかげで近畿は助かったと言われたことありますが、関係者で誰一人としてお礼を言われたことも、池田さん以外手を合わせにくる人もいません。おかしいですよね。　赤木〉

《十一月十一日》

〈相澤さん　池田さん会話もおかしくて仕事なんてできてないと思う。子供達も先月から家から出られないそうです。今は何も伝わりません。悪いのはマスコミとＯＢ（元職場を批判する近畿財務局ＯＢ）だと被害者意識がすごくて笑ける。池田さんに寄り添ってくれる人いないのか。職場に頭の中コントロールされてる～。会ってよかったけど私も3日寝込みました。　赤木〉

十一月十八日夜八時過ぎ、突然こんなメールが届いた。

〈相澤さん　弁護士さん、他の方を紹介していただくことにしました。佐川さんの事だけでは意味がないと言われ混乱してます。正解がわかりませんが頑張りまーす。　赤木〉

いったんは「信頼する」と話していたのに、一体何が起きたのか？　電話で話してみると、裁判の方針をめぐって赤木さんの意見を受け入れてもらえず、不信感が募ったことがわかった。特に、池田氏についても訴状の中に書いてほしいとお願いしたのに「意味がない」と拒否されたという。私は勧めてみた。

「とりあえずほかの弁護士さんの意見を聞いてみたらいかがですか？　病気でもセカンドオピニオンといってほかのお医者さんの意見を聞くのは普通のことです。いきなり弁護士さんを変えることを前提にせずに、とりあえず意見を聞いてみるんです。その上で考えたらいいですよ。弁護士さんなら私がいい方をご紹介できます」

だが赤木さんは私の提案を受け入れなかった。しばらくすると「やっぱり中川先生にお願いします」と言い出した。俊夫さんが亡くなった時、押しよせるマスコミに対処してくれたことへの恩義、ほかに弁護士を知らないこと、弁護士を変えるとまた一から説明しなければならなくなること、いろんな要素が絡み合って「やっぱり中川先生」となるようだった。それもわかる。だから無理に勧めはしなかった。

佐川氏には二度手紙を送ったが返事は来ない。人事院はようやく公務災害の資料を開示したが、ほとんどすべてが黒塗りで認定の根拠が何もわからない。さらに、ある病気で手術を受けることが決まったことも気持ちを焦らせた。

十二月九日、赤木さんは中川弁護士にこんなメールを送った。

〈訴訟についてもなるべく早く進めていただきたいです。病気は大した事は無いと思いますが全身麻酔をしますし何かの時のために、深瀬さんのこと遺書のことを相澤さんに託します。訴訟はできなくなりますから。どうか訴訟の件は急いでお願いいたします〉

万一の場合に備えて俊夫さんの遺書を私に託す。そんなことを考えているとは、この時私はまったく知らなかった。だが実際にはこの頃、自宅を訪れた際に改めて手記を見せてもらう機会があり、帰り際に「持って帰ってもいいですよ」とさりげなく手記を渡されていた。たぶんこれが「万一に備えて手記を託す」という意味だったのだろう。

中川弁護士は提訴を早めたいという申し出に〈訴えの内容について綿密な検討が必要ですし、訴訟提起時に数多くの報道がなされるでしょうから、急いで提起することは適切ではないと思います〉と返信している。赤木さんもその考えを受け入れた。

〈訴訟提起は退院後の方がいいとのことよくわかりました。少し焦っていました。ただ、手術の前にどのようなことが行われるのかをよく知っておきたいです。是非打ち合わせをよろしくお願いいいたします。信頼できる中川先生にお世話になること、とてもありがたく思っています。何も分からないので色々お教えください。よろしくお願いします〉

だがこの頃、赤木さんは私と会うたびに中川弁護士への不信をもらすようになっていた。

「私が頭が悪いのか、中川先生と全然話が通じないんです。私の言うことを否定されるんです。先生の事務所から帰る時はいつも泣きながら帰ります」

「それはちょっとおかしいですよ。依頼人のために弁護士がいるのに、まるで弁護士のために依頼人がいるみたいです。会うたびに泣きながら帰るなんて普通じゃありません。これから大きな裁判を控えて弁護士との信頼関係が何より大切なのに、そんなことで大丈夫ですか？　やっぱりほかの弁護士さんの話を聞いてみたらいかがですか？」

それでも赤木さんは「弁護士を変えるつもりはないので」と頑なだった。それが変わったのは、暮れも押し詰まったある日の出来事がきっかけだった。

財務省は雅子さんを見捨てた

その日の早朝、赤木さんから電話がかかってきた。こんな早い時間にメールのやり取りはあっても電話がかかってきたことはない。ただならぬ事態を予感させた。

赤木さんは最初から涙声だった。

「ひどいんです。池田さんから『もう会えない』ってメールが来たんです。もう誰も私のことを相手にしてくれない、私のことは忘れたいんです」

財務省や近畿財務局の職員が赤木さんから遠ざかっていく中で、俊夫さんの直属の上司だった池田靖氏だけが、二度自宅を訪れてくれた。二度目は一周忌の直後で、一人でやってきて祭壇に手を合わせてくれた。そして二時間にわたり話をしてくれた。なのに、その池田氏が「会えない」となると、すでに深瀬さんと関係が切れているだけに、もう財務省に赤木さんの相手をする人はいないということだ。俊夫さんが信頼し尊敬し親しくしていた相手だけに、見捨てられたというショックが激しかったのだろう。泣きながらの電話は一時間近くに及んだ。

年が明けて二〇二〇年（令和二年）一月当初も、赤木さんは中川弁護士と裁判に向けた打ち合わせを進めていた。中川弁護士からは訴状のたたき台も送られてきた。しかし心中には大きな変化が現れていた。ある日、赤木さんは私に尋ねた。

「相澤さんが紹介すると話していた弁護士さん、意見を聞いたらとおっしゃっていた弁護士さんはどなたですか？」

「阪口徳雄弁護士です。森友の国有地問題を追及する弁護士と研究者の会の中心人物です。私は取材でお付き合いしてきましたが、立派な方ですよ」

阪口弁護士は当時七十七歳の大ベテラン。一九七一年（昭和四十六年）、司法修習生の終了式でクラス代表として最高裁の方針に異を唱えようとして修習生を罷免、つまりクビになり、弁護士になるのが二年遅れたという強者だ。市民の立場から行政や大企業の問題を追及してきた。

そう紹介すると、赤木さんは「会わせてください」と求めてきた。私はすぐに阪口弁護士に連絡を取り面会の段取りをつけた。

一月十六日、大阪・北浜にある阪口弁護士の事務所を私たちは訪れた。俊夫さんの手記を取り出して手渡す赤木さん。それをしばらくじっと読んでいた阪口弁護士は、やがて顔を上げると赤木さんにゆっくり語りかけた。

「あんた、一人でつらかったやろなあ」

この一言が決め手になった。それから一時間ほど話をして事務所を出たところで、赤木さんはきっぱりと言った。

「相澤さん、私、弁護士さんを変えることにします。阪口先生にお願いします」

それまでセカンドオピニオンもためらっていた赤木さんが、いきなり弁護士を変えると言い出したことに私は驚いた。

「それはいいと思いますけど、どうして急に決意したんですか？」

「阪口先生は夫の手記を読んで真っ先に『あんた、一人でつらかったやろなあ』と言ってくれました。私はその一言を言ってほしかった。本当に一人でつらかったと理解してほしかったんです。でも中川先生からはそんなことを一度も言ってもらったことがありません。だから阪口先生にお願いしようと思ったんです」

阪口弁護士の一言が赤木雅子さんの心を動かし、人生を変えた。常に依頼者の心に寄り添う気持ちを忘れないからこそ出た一言だろう。弁護士かくあるべし、という見本を見る思いだった。

しかし阪口弁護士は「これは労災のようなものだから、私よりもこの道に詳しい弁護士がいる」と言って、松丸正弁護士を紹介した。過労死弁護団の重鎮で、大阪で過労死訴訟と言えば必ず出てくる名前だ。私もＮＨＫ時代に取材でお世話になった。

六日後の一月二十二日、私たちは再び阪口弁護士の事務所を訪れ、松丸弁護士と会った。松丸弁護士は赤木さんの話を聞き、それまでの方針を知ってすぐさま指摘した。

「これはまずいですね。認諾《にんだく》されますよ」

認諾とは、民事裁判で訴えられた方が訴え通りに全額賠償を認め、すぐに裁判を終わらせる手続きのことだ。賠償が目的ならそれでもいいが、この裁判は法廷で真相を明らかにしていくことが狙いだ。裁判がすぐに終わってしまってはその狙いが果たせない。

中川弁護士の案では賠償額として百万円を請求することになっていた。お金が目的ではないから金額はいくらでもいいと赤木さんは思っていた。だが金額が安いほど、国は認諾しやすくなる。

松丸弁護士は過去に自衛官の死をめぐる裁判で、国が原告の主張を認め裁判をすぐに終わらせた事例を経験している。自衛隊内部のことを探られたくないからだ。赤木さんの件も百万円では即座に認諾されてしまうだろう。ここは簡単に認諾できないように、むしろ高めの請求をしなければならない。

一時間ほどの相談が終わる頃、赤木さんは松丸弁護士に裁判をお願いするため、委任状を渡す段取りまで話が進んでいた。同じく過労死問題に詳しい生越《おごし》照幸弁護士も弁護団に加わることになった。だが、裁判の準備に必要な関係書類は、すべて中川弁護士に預けてあった。

相談が終わるとすぐに、赤木さんは中川弁護士に、訴訟の準備を取りやめるよう連絡するとともに、預けた書類を週内にすべて引き取りたいと伝えた。中川弁護士にとって寝耳に水の話だったはずだ。

一月二十八日、赤木さんは手術のため入院した。その前に初めて私に「万一の時はあの手記を公表してくださいね」と伝えている。もちろん万一のことはなく赤木さんは二月三日に退院した。

さあ、いよいよ提訴に向け本格的に動き出す時が来た。

第9章

提訴と手記公表
特ダネ掲載の舞台裏

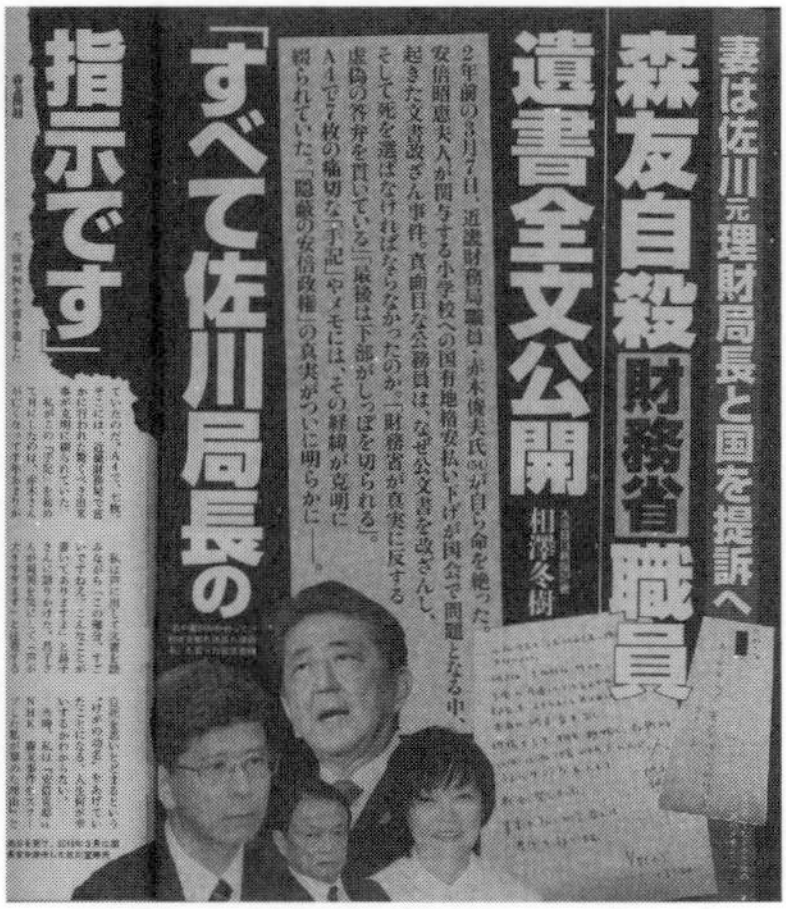

妻は佐川元理財局長と国を提訴へ

森友自殺〈財務省〉職員
遺書全文公開

相澤冬樹

2年前の3月7日、近畿財務局職員・赤木俊夫氏(54)が自ら命を絶った。安倍昭恵夫人が関与する小学校への国有地格安払い下げが国会で問題となる中、起きた文書改ざん事件。真面目な公務員は、なぜ公文書を改ざんし、そして死を選ばなければならなかったのか。「財務省が真実に反する虚偽の答弁を貫いている」「最後は下部がしっぽを切られる」。A4で7枚の痛切な「手記」やメモには、その経緯が克明に綴られていた。「隠蔽の安倍政権」の真実がついに明らかに——。

「すべて佐川局長の指示です」

週刊文春（3月26日号・18日発売）の記事

どう手記を公表するか

弁護士の交代で赤木雅子さんも腹を決めた。提訴と手記公表へ準備は加速していく。ここまで紆余曲折はあったが、もう流れは変わらないだろう。そう確信した私の課題は「このネタをどこでどのように記事として出すか」だった。雅子さんは、夫、トッちゃんの三回忌を迎える三月中に提訴したい気持ちだった。しかし、二月初めの時点で私は「記事の出し方」について赤木さんと一切話をしていなかった。

それまではそもそも提訴に至るかどうか確証が持てなかったので、そんな話を持ち出す状況になかった。また、うかつに記事の話をすると「結局それが狙いか」と思われかねない。切り出し方は慎重に考えなければいけない。一方で準備期間はもう一か月しかない。そろそろ記事の出し方も準備しないと間に合わない。

まず、どこに記事を出すかだが、私の念頭には週刊文春しかなかった。最大の理由は、それが大勢の人に知ってもらうために一番効果的だと考えられたからだ。森友公文書改ざんで亡くなった職員の手記公表と提訴。こういうネタをページ数をさいてきちんと扱い、なおかつ多くの読者に読まれるところは、「文春砲」で知られる週刊文春に勝るものはない。それに、最初に赤木さんと会った時、手記を読み上げた録音データを持ち込んでいる。彼らもすべてを知った上で待ってくれた。それに応えたかった。

ところが最大の難関は、赤木雅子さんが文春嫌い、ということだった。発端は、俊夫さんが亡くなって二か月後の月刊誌「文藝春秋」の記事だ。俊夫さんの実家のお父さんに取材して「手記」として出したものだが、雅子さんをはじめ親族から見て事実誤認と思われる内容があった。お父さんは「そんなつもりではなかった」と話し、文藝春秋に抗議したが、納得いく返答は得られなかった。それで文藝春秋が嫌いになった。同じ出版社から出ている週刊文春にも嫌悪感を抱くようになった。どうやって赤木さんに切り出すか？

赤木さんも何らかの方法で記事を出す必要性は感じていた。中川弁護士に依頼している頃は、朝日新聞やＮＨＫに出すことを打診されていた。二月八日、自宅を訪れた私はこんな風に切り出した。

「新聞やテレビに出すのもいいですけど、雑誌という方法もありますよ。雑誌がいいのは、電車の吊り広告を出すところです。新聞やテレビを見ない人も、通勤電車には乗りますから、吊り広告は目に入ります。これは大勢の人に知ってもらうためには非常に効果的ですよ」

雅子さんは半ばあきれたように言った。

「それって文春のことでしょ」

私が週刊文春と繋がりが深いことは赤木さんももちろんわかっている。それで雑誌を勧めてくるのだから文春のことに決まっている。でもその表情は怒っている顔ではなく、あきれながらも苦笑しているように見えた。「これは大丈夫だな」と私は感じた。

だが、その日は話をそこまでにとどめた。というのは、肝心の文春側の考えがわからなかったからだ。私が「トップ級の大ネタだ」と思っても、編集部が同じように考えるとは限らない。まずは週刊文春の意向を確かめる必要がある。赤木さんとの話を詰めるのはその後だ。

ちょうど二月十日に私は「メディア酔談」というユーチューブ配信を出すため東京に行く予定があった。「メディア酔談」は私の高校の新聞部仲間でメディアコンサルタントの境治が私と一緒に配信している。その前に私は文藝春秋本社を訪れた。話を聞いた週刊文春の加藤晃彦編集長は太鼓判を押した。「大きく扱いますので、ぜひうちで載せて下さい」

その場で担当編集者も決まった。デスクの竹田聖さん。経験豊かなベテラン編集者だ。文春の本気度が感じられた。

その夜の「メディア酔談」は、元ＮＨＫ会長の籾井勝人氏との対談だった。対談本番でも終了後の反省会（呑み会）でも、私はいつにも増して気分が高揚していたと思う。そこに「これで記事はいけそうだ」という密かな思いがあったことは間違いない。

次に赤木雅子さんに会った時、文春が記事掲載を確約してくれたことを伝えた。もう私たちの間では「文春に記事を出す」ことが既定路線になっていた。最大の関門をくぐり抜けた。次の関門は、これを提訴日に合わせて〝特ダネ〟として出せるかどうかだ。

記事を他の報道機関に先駆けて出すのが特ダネだ。特ダネかどうかは読者視聴者にとってはさほど大きな意味を持たないかもしれない。だが報道機関は違う。特ダネであれば扱いは大きくなる。週刊文春で記事を大きく扱ってもらうには「特ダネ」と銘打てるかどうかが決定的に重要だということを、私は長年の記者経験で肌感覚としてわかっている。

肝心の提訴日について赤木さんは三月中という意向だったが、弁護団は依頼を引き受けてまだ一か月もたっていない。他にもいろいろ裁判を抱えて作業が間に合いそうもなく、「提訴は四月になるんじゃないでしょうか」という見通しだった。ただそのことは雅子さんには伝わっていなかった。

俊夫さんの三回忌の法事が前倒しで三月三日に済んだ頃、提訴の動きをつかんだ新聞社が現れた。雅子さんが電話してきた。

「朝日新聞が提訴のことを知っているんですよ。私に話をしてきました。それも『四月に提訴する』だなんて、私の知らないことまで知っているんです。おかしいと思いませんか？」

赤木さんの憤慨はわかるが、どこの記者もそれぞれにアンテナを張り巡らせて情報をキャッチしようとしている。提訴を察知する記者がいても不思議ではない。私は「ついに来たか」という思いだった。特ダネを出せるかどうかの瀬戸際だが、私からどうこうお願いできるものではない。

でも雅子さんは自身の判断で動いてくれた。弁護団にかけあったのである。

「朝日が提訴は四月と言ってきました。でも私は三月中にしてほしいんです。夫の三回忌を済ませた三月中に」

そう求められると弁護団も応じざるを得ない。文春の発売日は木曜日だ。提訴は三月最後の木曜日である二十六日と、いったんは決まった。

ところが、ことはこれで済まない。提訴が二十六日に早まったことを再び朝日新聞がつかんで接触してきたのだ。三月十日、急きょ弁護団と雅子さんの会議が開かれ、私も呼ばれて参加した。大阪地裁のすぐ西側にある生越弁護士の事務所で雅子さんは切り出した。

「私は朝日に先に書いてほしくありません。相澤さんに文春で書いてほしいんです。提訴を一週間早めて下さい、十九日に」

松丸弁護士が穏やかな表情で答えた。

「私たちは依頼者の意向に沿って動きますから。提訴は十九日にしましょう。あと九日しかありませんが、何とかなるでしょう。相澤さんの方は記事の準備は間に合いますか？」

文春に合わせて破格の扱いだ。だが私はどうしても伝えなければならないことがあった。

「あの～大変申し上げにくいんですが……その週は金曜日が春分の日で祝日になる関係で、文春の発売日が一日早い水曜になるんです……」

遠慮がちに伝える私の後を受けて雅子さんがすかさず言った。

「じゃあ提訴は十八日にしてください」

それでなくても時間がないのに、さらに一日早まることになる。松丸弁護士と生越弁護士が思わず顔を見合わせた。それから、松丸弁護士がゆっくり雅子さんの方に向き直って答えた。

「では、そうしましょう。何とか間に合わせます」

こうして裁判の提訴は、週刊文春の発売日に合わせて三月十八日と最終決定された。私はすぐ文春編集部の竹田さんに電話した。

「提訴は一週間前倒しされました。十八日提訴です。記事も十八日掲載でお願いします」

「わかりました。編集長に伝えて紙面を空けてお待ちします」

五時間で書き上げた一万二千字

提訴まであと八日。でも私はまだ一行も原稿を書いていなかった。肝心要の俊夫さんの手記と手書きの遺書。文書や写真。関係者の音声データ。訴状の原案。必要な資料はすべて預かっていたし、雅子さんにも何度も話を聴いてきた。あとは書くだけなのだが、手を付けていなかった。提訴が早まったというのもあるが、一番大きかったのは、私の中でまだ原稿が煮詰まっていなかったからだ。


原稿を書き出す前に、私は構想を頭の中で考える。どう書き出したらいいか？　やはり俊夫さんの手記だろう。どの部分を抜き出すか？　手記は原稿の随所で使うつもりだから、配分を考えなければならない。そうだ。手書きの遺書にあった一節。

「これが財務官僚王国　最後は下部がしっぽを切られる。なんて世の中だ、手がふるえる、恐い」

実際、文字がふるえている。あれが印象的だ。あそこから入ろう。そして、私がこの手記を初めて目にした二〇一八年十一月二十七日のことを書こう。赤木雅子さんから連絡があって、初めてお会いしたあの日のこと。手記を目にして興奮したこと。雅子さんが「記事に書かないで。書いたら死にます」と言い残して去ったこと。それから手記公表と提訴まで一年四か月。どんなことが起きて、どういう心の動きがあったのか？　その葛藤を描こう。

こうして構想が湧いてくるのは、たいてい朝、走っている時だ。私は毎朝五キロほど走るのを日課にしている。その時、頭がさえて発想がわき出てくる。そうやって十分構想が煮詰まったところで一気に書き上げる。

だが掲載日決定からあまりにも時間がない。結局一行も書けないまま、締め切りの十三日が来てしまった。私はパソコンを前に深呼吸して、おもむろに書き始めた。それまで頭の中に蓄積していた原稿を引き出すように。文書のプロパティを確認すると、書き始めが十四時五分、最終更新が十八時五十九分。ほぼ五時間で原稿を書き上げ、十九時過ぎに竹田さんにメールで送った。

〈取り急ぎ原稿を送ります。かなり長く、内容もまだ精査せねばなりませんが、ご意見をお聞かせください〉

字数を考えずにひたすら書いた結果、一万二千字もある大作になってしまった。「これはさすがに相当削るように求められるだろう」と思っていたら、一時間半後にこんな返信が届いた。

〈明日、編集長と相談し、めいっぱいページを取ろうと思っておりますので、さほど削っていただかなくてもよいようにできると思います〉

いや、実は削るどころか大幅な加筆を求められたのである。

〈あまりこの森友事件に詳しくない読者や、もう大分忘れてしまっている読者も結構多いと思うので、補助線となる基本情報を、もう少しだけ詳しく日時なども含めて足せたら、より分かりやすくなるのでは、と思いました〉

諸々指摘された件は私も書きたいと考えていたところだったが、原稿が余りにも長くなりすぎると思って「忖度」してカットしてしまった内容だった。やはり「自粛」はよろしくない。翌十四日、私は指摘を踏まえて大幅に加筆した原稿を送り直した。それに対し竹田さんの返信は、〈ページ数については、グラビアで3ページ、本文と手記で11ページないし12ページの、合計14ないし15ページは取れることになりましたので、さほど削っていただく必要はありません〉という満額回答だった。

最終的に記事は総計十五ページになった。竹田さんは語った。「私も編集経験は長いですが、こんな十五ページの特集なんて経験がありません」

私は赤木雅子さんにも原稿を送った。雅子さんは、俊夫さんが亡くなった翌日「財務局で働きませんか？」と打診された際に、「佐川さんの秘書にしてくれるならいいですよ。お茶に毒盛りますから」と返した部分（第5章参照）について、こう伝えてきた。「相澤さん、毒盛る話はちょっと危険じゃないですか？　まだ消せますか？」

私は即座に答えた。

「もちろん消せます。毒盛る話、私は赤木さんのユーモアセンスが感じられて好きですけど」

「そうですか。笑えるならOKです」

「はい。ああいう状況でもユーモアを忘れない、強烈な皮肉に財務局沈黙、というのが本当に素晴らしいです」

「相澤さんはお仕事で慣れておられるのでしょうが、私は初めてのことで、記事や写真がこんなに掲載されると思ってなかったのでビビッてます。足が震えます」

「いや、こんな大きな扱いは私も初めてです」

最終的に雅子さんからこんな返事を頂いた。

〈相澤さん　原稿読ませていただきました。苦しかった3年間をよくまとめてくださって夫と私の履歴書のようです。この記事を読んで財務局の人に本当のことを話すきっかけになってほしいです。ありがとうございました〉

一年四か月の集積を、ついに書き切った。

佐川氏の家へ

しかしまだ仕事は残っている。佐川氏に接触して手記と提訴のことを伝え、コメントを取って記事に盛り込むことだ。原稿を仕上げて早々、私は十五日、都内の佐川氏の自宅に向かった。

そこでは、すでに数日にわたり、週刊文春の手練れの記者達が張り込んでいた。自宅に家族がいることは確認できたが、佐川氏本人はまったく姿を見せないという。自宅に閉じこもっているのだろうか？　どこか別の場所に避難しているのだろうか？　もう報道陣もそれほど姿を見せないだろうに。

私も自宅前で待ったが、佐川氏に会うことはできなかった。インターホンを押しても反応はない。私は赤木さんにメールで状況を伝えた。

〈佐川さんは姿を見せませんでした。暗くなると室内に灯りがついたので、中に誰かいることは間違いないのですが、ピンポンを４回押しても何の反応もありませんでした。そのくだりを原稿に追加しました。佐川さんの自宅に投函した手紙もお送りします。もしも手紙を読んでくれたら何らかのアクションを起こしてくれるのではないかと期待しているのですが。提訴まであと少しですね。きっと俊夫さんも喜んでくれると思います〉

赤木さんからは〈残念です。私は何度もピンポンを鳴らされた恐怖を味わったので少し気の毒です〉という返信が返ってきた。

翌十六日、あと二日で提訴だ。弁護団と赤木雅子さん、それに私の四人で提訴前最後の打ち合わせが行われた。この日のテーマは報道対応が中心だった。最大の関門は、文春発売の前日に、主に政界と報道関係者に内容を知られてしまうことだった。

これはなぜかというと、週刊文春は発売二日前に校了し、印刷に回る。翌日の昼前後には製本された雑誌が全国各地の取次先に配送される。その際、どうしても記事の内容が出回ってしまうのだ。特に文春は特ダネを警戒されているから、永田町を中心に発売前日にはコピーが出回る。これは雑誌にとって避けようのない宿命だ。

ということは、提訴前日の十七日に報道各社が手記公表と提訴を知ることになる。それを文春発売まで書かれないようにするにはどうしたらいいか？　私は次の様に提案した。

・提訴前日の明日、大阪司法記者クラブ（大阪地裁高裁内の記者クラブ）に翌日の提訴と手記公表を伝える文書を配布する。私はＮＨＫを辞める直前まで大阪司法記者クラブに在籍していたので、「提訴の事前連絡を受けたら事前報道は控える」という〝不文律〟があることを知っている。だからこうすれば各社とも事前報道はしないだろうという読みがあった。

・提訴を知った報道各社が赤木雅子さんの自宅に取材に来ることが予想される。そこで雅子さんは事前に自宅を出て東京の知り合いのところに避難する。

こうして事前の準備がすべて終わり、打ち合わせからの帰り道、雅子さんが歩きながら私に語りかけた。

「私、佐川さんの家を見てみたいんです。裁判を起こす前に一度見ておきたいんです」

私は次の日、東京都内にある佐川氏の自宅の最寄り駅で雅子さんと待ち合わせた。駅前で会うなり、雅子さんはしみじみと口にした。

「ここって幸せそうな街ですね」

確かにあたりは住宅街で、駅前商店街は家族連れの姿が多い。

「そうですね、そういう場所ですね」と答えると雅子さんは続けた。

「この幸せそうな街に住んでいる佐川さんは、きっともう幸せではないんでしょうね……」

佐川氏の自宅は駅から十分余り歩いた閑静な住宅街にある。その前に到着すると、雅子さんはしばらくじっと建物を見つめていた。インターホンを押すでもなく、ただじっと。そして再びぽつりと言った。

「佐川さんもこの家に住むご家族も、もう幸せではないんでしょうね。何だか佐川さんもかわいそう……」

「これから佐川さんを訴えようっていうのに、同情するんですか？」

私は思わず言った。

「優しいんですね」

「そんなんじゃないんですけど、森友（事件）に巻き込まれた人はみんな不幸になっていますよね」

「それはそうですけど、亡くなった俊夫さんと雅子さんが一番不幸になっているでしょう」

「でも、かわいそうだなあって思っちゃうんです」

そして踏ん切りをつけたかのように言った。

「うん、来てよかった。もういいです」

帰り道、私は歩きながら尋ねた。

「これからどうするんですか?」

「東京にいる友達のところに会いに行きます」

そして言葉を続けた。

「彼女が私とトッちゃんを引き合わせてくれたんですよ」

こうして私は図らずも雅子さんと俊夫さんのなれそめを聞かされることになった。その〝のろけ話〟は第2章で詳しくご紹介した通りである。

提訴の日

そして迎えた三月十八日、提訴の日。週刊文春に記事が出た。俊夫さんの手記が全文掲載された。同時に大阪日日新聞と鳥取の日本海新聞(大阪日日新聞の経営母体)の朝刊にも。所属紙にも記事を出すため書き分けていたのだ。

提出用の訴状が完成したのは当日のお昼前という慌ただしさ。午後一時、弁護団は訴状を大阪地裁に出した後、記者会見した。記者やカメラマンが大勢詰めかけて立錐の余地もない。提訴にあたり赤木雅子さんが用意したコメントを、生越弁護士が読み上げた。

〈夫が亡くなって2年が経ちました。あの時どうやったら助けることが出来たのか、いくら考えても私には助ける方法がまだみつかりません。心のつかえがとれないままで、夫が死を決意した本当のところを知りたいと思っています。『夫が死を選ぶ原因となった改ざんは誰が何のためにやったのか、改ざんをする原因となった土地の売り払いはどうやって行われたか』真実を知りたいです。

今でも近畿財務局の中には話す機会を奪われ苦しんでいる人がいます。本当のことを話せる環境を財務省と近畿財務局には作っていただき、この裁判で全て明らかにしてほしいです。そのためには、まずは佐川さんが話さなければならないと思います。今でも夫のように苦しんでいる人を助けるためにも、佐川さん、どうか改ざんの経緯を、本当の事を話してください。

よろしくお願いします〉

このコメントも当日、赤木さんが完成させた。何もかもギリギリの作業だった。私はスマホで会見の画像を赤木雅子さんに送り様子を伝えた。

〈会見冒頭に赤木さんのコメント読み上げられましたよ。大勢の記者が詰めかけています。東京新聞の望月記者もいます〉

会見の模様はテレビで速報されたほか、国会でも取り上げられた。赤木さんもそれを見ていた。

〈柚木みちよしさん（立憲民主党の衆議院議員。選挙区が岡山）国会で夫の話してます。お墓の話（麻生さんがお参りしなかった件）してます。テレビでもすごく取り上げられています〉

この日発売の週刊文春は二年半ぶりに五十三万部を完売した。反響が大きく広がったことに雅子さんは感謝していた。

〈よかったです。世間の皆さんが共感して世の中を動かしてくれるといいですね。マスコミ嫌いでしたがこんな形でお世話になるとは2年前には考えられませんでした〉

提訴報道で最後までしのぎを削った朝日新聞は、旧知の幹部から当日、こんなメールが届いた。

〈相澤様。文春の記事、拝読しました。こちらも努力していたつもりなので、とても悔しいですが、森友問題に関わってきた1人として、これが世に出てよかったと素直に思います。奥様と丁寧に関係を築き、取材を続けてきた相澤さんに敬意を表します。それだけお伝えしたく、メールを送りました〉

こうして長い一日が過ぎていった。

第10章

池田さんが告白「八億円値引きに問題ある」

値引きされ売却された国有地

お墓での報告

赤木俊夫さんは、故郷、岡山県の墓地に眠っている。俊夫さんの手記公表と佐川氏と国の提訴の衝撃も冷めやらぬ三月二十二日、彼岸の三連休の日曜日。赤木雅子さんと私は俊夫さんのお墓に報告に訪れた。

事前に日にちを打ち合わせて二十二日に決めた際、赤木雅子さんはＬＩＮＥに書いた。

〈22日はいい日ですねー。私誕生日です〉

これに私はこう応じた。

〈誕生日なんですか。ちなみにＮＨＫの誕生日でもあり（正確にはラジオ放送開始日）放送記念日になってます。知ってました？〉

〈ＮＨＫも誕生日あるんですね。知りませんでした〉

当日、雅子さんは「手記」を報じた週刊文春と大阪日日新聞、日本海新聞を墓前に供え、手を合わせた。

「トッちゃん、来たよ。裁判起こしたよ。喜んでくれてるよね。頑張るよ」

しばらくじっとしゃがんで目をつぶり手を合わせていたが、やがておもむろに立ち上がった。

私は思わず口を挟んだ。

「一番大事な手記のことを言わないと」

「あっ、トッちゃん。手記、公表させて頂きました。みんな読んでくれてるよ。ちゃんと読んでくれてるよ、ほんとに」

そしていきなり私の方を指して「相澤さんですよ」と言った。私はここに墓参に来るのは初めてだった。急なことに私が慌てて「あ、はじめまして」とお墓に向かって頭を下げると、雅子さんは「何度もうちに来てはるから、もう知ってますよ」と笑った。

ほっこりしたところで雅子さん、「もうちょっと頑張ります。また来るね」という言葉に続けてポツリとつぶやいた。「ここに麻生さん（財務大臣）に来てほしいのに。来るところまで話が来てたのに……」

第5章で紹介した通り、近畿財務局で赤木俊夫さんの一番の親友だった〝同期〟深瀬康高さんは、俊夫さんが亡くなった直後に駆けつけ、途方に暮れる雅子さんに弁護士を紹介するなど、何かと世話をしてくれた。ところがその深瀬さんが三か月後、麻生財務大臣の墓参を望んだ雅子さんの意向をねじ曲げ、「墓参を断った」ということにしてしまった。おかげで未だに麻生大臣の墓参は実現していない。雅子さんは悔しさを隠せない様子だった。

その麻生財務大臣。赤木俊夫さんの墓参に来ないだけではない。三月十八日、週刊文春の報道で俊夫さんの手記の全容が初めて明らかになったにもかかわらず、直後に記者団の問いかけに「新たな事実が判明したことはない」「（俊夫さんの死の三か月後に公表した）財務省の報告書に尽きる」「再調査を行うという考えはない」と突き放した。

さらに安倍首相も国会で野党の追及を受けると「検察ですでに捜査を行い、結果が出ていると考えている。麻生財務大臣のもと、事実関係を徹底的に調査し、明らかにした」と答弁。再調査し、真相を解明してほしいという雅子さんの願いを拒んだ。

遺族の思いを拒絶するこれらの発言。そこに雅子さんから携帯でメッセージが届いた。

〈安倍首相は2017年2月17日の国会の発言で改ざんが始まる原因をつくりました。麻生大臣は墓参にきてほしいと伝えたのに国会で私の言葉をねじ曲げました。この2人は調査される側で、再調査しないと発言する立場にないと思います〉

あまりにも理路整然とした見事な指摘に、私はしばしメッセージから目が離せなかった。そしてすぐに雅子さんに電話した。

〈素晴らしい言葉ですね。本来ならマスコミや評論家が口にしなければいけない言葉です。この言葉を記事で紹介してもよろしいですか?〉

〈はい、紹介してください。私は夫の死の真相が知りたいんです。どうして夫は改ざんを迫られなければならなかったのか?改ざんの原因は森友学園への土地売却ですよね。どうしてあんなに値引きして売らなければならなかったのかも知りたいです。夫の手記は新事実だと思います。もう一度調べてほしいんです〉

実際、俊夫さんの手記には私たちが知らなかった〝新事実〟が満載だ。

〈すべて、佐川理財局長の指示です〉

〈学園に厚遇したと取られる疑いのある箇所はすべて修正するよう指示〉

〈（会計検査院に）資料はできるだけ開示しないこと〉

手記にあった重要な記述は、どれも財務省の報告書には見られなかったものだ。それでも「新事実はない」と言い張るなら、重ねて新事実を示すしかあるまい。

キーマンの重大発言

この時、私がつかんでいた最大の「新事実」は、森友問題のキーマン、近畿財務局の統括国有財産管理官だった池田靖氏の重大発言だった。

これまでも紹介してきたように、池田氏は森友学園に国有地が八億円も値引き売却された時、交渉の責任者として値引きを決めた。この値引きが不当ではないかというのがすべての問題の発端であり、公文書改ざんのもとにもなった事件の核心だが、政府は一貫して「土地に埋まっているごみの撤去費として正当な値引きだ」と主張している。ところが池田氏は雅子さんの前で「この八億の算出に問題がある」と明確に言い切っていたのである。

池田氏は森友問題が発覚してからほとんど表舞台に姿を見せていない。発覚直後、野党のヒアリングに近畿財務局で一度応じたことがあるくらいだ。国有地値引きのキーマンだから全マスコミが接触を試みてきたが、初期に朝日新聞の取材に応じたのを除けば、取材には一切応じていない。

雅子さんは夫の死後、池田氏を信頼し、立場を気遣った。夫の死の真相を知るため、話を聞かせてほしいと頼った。そんな雅子さんの願いに応じ、池田氏は俊夫さんの一周忌の直後の二〇一九年三月九日、雅子さんの自宅を訪れ、二時間にわたり話をした。雅子さんは池田氏の潔白を証明するため、森友問題に詳しいと思える私にいずれ内容を聞かせて判断してもらおうと考え、録音データをとっておいた。そこに重大な新事実があったのだ。当日の様子を再現してみよう。

自宅を訪れた池田氏はまず、亡くなった俊夫さんの祭壇に手を合わせた。そこには遺影が二枚掲げてある。一枚は改ざんを強いられる三か月前の二〇一六年十一月、明るい笑顔の俊夫さんの写真。大好きだった篆刻の展覧会を見に上野の東京国立博物館を夫婦で訪れた際のものだ。もう一枚は改ざんをさせられた後の二〇一七年四月、淡路島にドライブに行ったときの写真。改ざんビフォーアフター。表情がまるで違うのがわかる。

命日は七日だったが、池田氏は「東京でやるはずの会議を急きょ大阪でやることになって、当日お邪魔できなかったんです。遅くなってすみません」と詫びた。雅子さんは「いえいえ、ありがとうございます」とお礼を述べた後、こう続けた。

「亡くなった時からあまり気持ちは変わりません。体が半分ちぎられたみたいな感じです。残った半分の体をグサグサ、ナイフで刺してくるのが近畿財務局の人やったり、本省の人やったり。嫌な目にいっぱい遭います」

そして真相を知りたい気持ちを吐露した。

「夫がちゃんと真実を書いて残してくれたから。『手記（真実）』というファイル名になってる。私にとっての情報はこれしかないんです。佐川さん（佐川宣寿元理財局長）はここに謝りにも来ないし。東京から来た伊藤さん（伊藤豊財務省秘書課長・当時）にお願いしたけど一切返事も持ってこないし。米田さん（米田征史近畿財務局人事課長・当時）は全部聞いてるけど知らん顔するし。ひどいなぁと思う。結局嘘ばっかり。何が真実なのっていったら、池田さんが話をしてくれるしかないんですよ。池田さんは表に立って話す気はないんですよね」

「表にですか？　マスコミの前に？」

とまどいを見せる池田氏に雅子さんは語りかけた。

「マスコミじゃなくて……夫はいつも言ってたんです。このままじゃ国家公務員としてダメだ。国民の皆さんに、というのはいつも言っていた。それが財務局も財務省の人も隠すことばっかり。なんであんなことになったんか？　世の中は籠池さんのせいやって。でも元をただせば池田さんの国有地値引き。それを私は聞く権利があると思う。なんでこうなったのか、その発端を」

こう迫られて池田氏は話し始めた。国有地の八億円値引き売却と、その経緯を記した公文書の改ざんについて。

公式見解とは異なる説明

大阪府豊中市にある問題の国有地は二〇一六年六月、森友学園の小学校開設予定地として約一億三千四百万円で売却された。評価額は約九億五千六百万円だったが、三メートルより深いところに埋まっているごみが新たに見つかったとして、撤去費用として約八億二千万円を値引きした、というのが財務省のこれまでの説明だ。

ところが池田氏が雅子さんにした説明は、公式見解とはかなり違っていた。

「地下埋設物（ごみ）がどれだけ埋まっていて、（撤去に）どれだけの費用がかかって、どれだけ売却価格から引かなければならないかということを、自分たちは最後まで調べようと努力したんです。でも大阪航空局（問題の国有地の管理者）は動かなかったんです。売却額の鑑定にしても地下埋設物の調査にしても大阪航空局が（財務省）主計局に言って予算を取ってくる。我々（近畿財務局）は権限がない。これは完全に国の瑕疵（欠点）なので、それが原因で小学校の開設ができなかった時の損害（賠償）額が膨大になる。だから一定の妥当性のある価格を提示して、それで相手が納得すれば一番丸く収まる。それが八億という金額になっているんですけど。航空局が持ってきたのが八億だったということで、それを鑑定額から引いただけなんです」

ここで雅子さんは突っ込んだ。

「夫が『航空局にだまされたんや』って言ってたんです。それがそのことなんですか？」

これに池田氏は思わず本音を漏らす。

「この八億の算出に問題があるわけなんです。確実に撤去する費用が八億になるという確信というか、確証が取れてないんです」

確証がないのに勝手に八億円も値引きして国有地を売り払うのは、まさに国民の財産に損害を与えたことになる。つまり背任罪の疑いが強いことを値引きの当事者が〝自白〟した瞬間である。捜査にあたった大阪地検特捜部は「値引きが不適正と認定するのは困難」として関係者全員を不起訴にしたが、当事者が自ら不適正だと認めているのだ。

さらに池田氏は、森友学園との交渉を担った経験から次のように話した。

「変な学校ですよ。僕は籠池さん（泰典氏・当時の森友学園理事長）に教育者の適格性がないと思っていましたけど、それは大阪府が学校認可をして、認められた学校であれば開校できるように我々は最善を尽くす。思想がどうとか言えませんからね」

池田氏はこう言うが、実際には役所が個別の学校のために最善を尽くすなどということはあってはならない。あくまで法とルールに従って手続きを進めなければならないはずだ。池田氏の発言はなんだかんだ言いながら結局森友学園のために便宜を図っていたことを伺わせる。

さらに池田氏はこんな告白もした。

「僕、聞いてるんです、向こう（森友学園側）に。『いくらやったら出せんねん』と。契約の可能性を探る上で聞いた。世間的には、その額に僕らが合わせにいったと言われてますけど。普通、売り払いの時って『いくらぐらいを考えられてますか』って聞くんです」

だが、近畿財務局と国有地の売買交渉をした経験のある私の知り合いの弁護士はこう語る。

「彼らは絶対まけませんよ。鑑定額からびた一文まけない。交渉の余地がないから『いくらまでなら出せるか』なんて聞くわけないでしょう。森友だけ特別扱いしたんですよ」

実は、この「近畿財務局が森友学園側に、いくらまでなら出せるか上限額を聞き出していた」というのは、私がＮＨＫ記者の時につかみ、ニュース7で特ダネとして放送した情報の一つだ。巨額値引き発覚から五か月後、二〇一七年七月二十六日のことだった。

ところがニュース放送後しばらくして、ＮＨＫ報道部門トップの小池英夫報道局長（当時）が大阪放送局の私の上司に「私は聞いてない。なぜ出したんだ！」と激怒し、最後に「あなたの将来はないと思え」と恫喝した。この時の経緯は拙著『安倍官邸 vs.ＮＨＫ　森友事件をスクープした私が辞めた理由』に記したが、翌年の私のＮＨＫ退職につながる印象深い〝事件〟だった。

真っ当な仕事をしているのに上から不当な圧力をかけられた――振り返るとしみじみ、俊夫さんと私の境遇には似たところがあったと気づかされる。雅子さんが私に関する記事を見て連絡してきたのもわかる。

まさに背任罪

話を戻そう。池田氏は値引きに関し、不動産鑑定士にも責任があるかのような発言もしている。

「土地は何に利用するかで金額が変わります。マンションにするのか、戸建てにするのか。低層住宅にするならそんなに掘らなくてもいいので、ごみを全部どける必要はないと。地下埋設物をすべて撤去しようとしたら八億になるかもしれないですけど、八億もかける必要はないと判断されたらその額しか引けません。ですから不動産鑑定士にそういうふうにバシッと言われちゃったら、もうそれは触りようがない。でも山本先生（鑑定士）は、妥当性はあると。小学校なので、地下にごみが入っているようなところで小学校運営なんかできないと」

ところがこれも二〇二〇年五月になって、逆に「近畿財務局が鑑定を都合良く利用した」と適正売却の主張を根底から覆すような調査結果が、大阪府不動産鑑定士協会の調査委員会によって出された。

調査結果によると、値引きの根拠とされた不動産鑑定は、依頼者である財務省近畿財務局の意向に沿う形で行われ、安値売却に「都合良く利用された」と指摘。「国民の利益に反し、不動産鑑定評価制度に対する国民の信頼を損なう結果につながる」と厳しく批判している。

これは近畿財務局の売却担当者だった池田氏が「不当だと知りながら安値売却を行った」と指摘しているに等しい。これまた、まさに背任罪だ。

安倍首相の妻、安倍昭恵さんや政治家と値引きとの関わりについては、池田氏は完全否定した。

「例えば安倍さんであるとか鴻池（祥肇元議員）さんであるとか、そういった人の名前が出てきて、八億円を減額した。そこに何か忖度みたいなのがあって公文書から名前を消すのであれば絶対消さないです。あの人らに言われて減額するとか、そういうことは一切ないです。ただそれをマスコミや野党とかは、僕ら近畿財務局の判断でそんなことができるわけないと。それが世間的には普通に通る話だから、安倍さんとかに紐付けて、要は政権をおろす。うちの子どもは騒がれるたびに学校に行けなくなっている状況なんです」

それならなぜ、不正な改ざんを行ってまで、安倍昭恵さんやその他の政治家の名前を公文書から消さなければならなかったの？　納得できない雅子さんはさらに問いかけた。

「じゃあ誰が悪いんですか？　籠池さん？　安倍さんは？　昭恵さんは何も関係ないんですか？あの写真からおかしくなったって言われてますよね。あの三人のスリーショットを見せられて急に態度が変わった、神風が吹いたゆうて、籠池さんは言うてるけど」

「あの三人のスリーショット」とは、二〇一四年四月二十五日、問題の国有地を背景に安倍昭恵さんと森友学園理事長だった籠池夫妻が写っている有名な写真のことだ。籠池氏は三日後にこの写真を近畿財務局で見せた後に、相手の態度が急変し、その後はうって変わって話がスピーディーに進むようになったと証言し、それを「神風が吹いた」と表現した。

雅子さんの至極当然の問いかけに池田氏は「分からないです」と答えた。

「僕が担当した売り払いの一年間に関しては、安倍さんであるとか鴻池さんであるとか、そういうところは関係ないです」

「じゃあ、あの写真を見せられた時は？」

「あれは僕じゃないです」

「誰なんですか？」

「あれは前任の課長（前西勇人氏）です。だからその段階で何があったかどうかというのは僕は分からないです。そこはすみません、僕ではわからないところなんです」

「逃げですよ」

「逃げてないですよ。だって、そこは調べられないですもん」

この池田氏の説明も不自然だ。通常どんな部署でも異動にあたり引き継ぎをする。ましてこの国有地は首相夫人の安倍昭恵さんがからんでいる重要案件だ。池田氏が前西氏から詳細を引き継いでいないとは考えられない。池田氏の話は随所に本音が垣間見える一方で、肝心なところで「逃げ」の印象が強い。

知られざる重要証拠

俊夫さんは、一連の土地取引が終わった後に担当部署に来た。どういう経緯か知らされないいま、経緯を記した公文書を改ざんさせられた。雅子さんは池田氏を問い詰めた。

「なんで改ざんなんか受け入れたんですか？」

「手放しでは受け入れてはないです。抵抗はしました。やる必要もないと思っていましたし。僕自身もあの当時、かなり追い詰められているところもあって、赤木さんと同じように、遅くまで仕事をして、僕の場合は売り払いをした当事者ですから。もう朝方まで本省から……もちろん嘘はいけないですけど、我々近畿財務局の仲間、それと東京のメンバー……奥さんには怒られるかもしれないけど、何人けがするかわからない状況の中で、少しでも野党から突っ込まれるようなことを消したいということでやりました」

池田氏は、俊夫さんが終始改ざんに反対していたと明かした。

「初めから赤木さんは抵抗していました。でも、ちょっとしたところだけ、野党から聞かれたことに関連するところ、大勢に影響のないところ、みたいにどんどんどんどんエスカレートして、それはもう耐えられない。だから赤木さんもその下の部下も、正直涙を流しながら抵抗していた。それを僕自身、課長という立場で改ざんを止めきれなかった。だから僕は改ざんを主導したメンバーに間違いなく入ります」

ここで池田氏は、改ざんの実態を示す、知られざる重要証拠を俊夫さんが残していたことを、初めて明かした。

「赤木さんはきっちりしているから、文書の修正、改ざんについて、ファイルにして、きちっと整理していたんです。パソコンのデスクトップかなにかにあって。検察がガサ入れに来た時(注・実際は捜索は受けていないので任意提出と思われる)、赤木さんは『これも出していいですか？』と聞いてきた。パラッと見たら、めっちゃきれいに整理してある。全部書いてある。どこがどうで、何がどういう本省の指示かって。修正前と修正後、何回かやり取りしたような奴がファイリングされていて、パッと見ただけでわかるように整理されている。これを見たら我々がどういう過程で改ざんをやったのかが全部わかる。赤木さんもそこは相手が検察なんで気になって『出しますか?』って。僕は『出しましょう、全部出してください』と言って持っていってもらったんです。全部見てもらって全部判断してもらったらいいという思いですから。僕ら的には改ざんなんかする必要はまったくなかったですし」

「じゃあ、佐川さんの勇み足なんですか?」

「もちろん佐川さんの判断です」

では、現場が「ありのままに書けばいい」と思っていた安倍昭恵さんや政治家の名前について、佐川氏はなぜ改ざんを指示したのか?　その疑問は、やはり佐川氏本人にぶつけるしかない。そのために起こした裁判である。

そしてもう一つ、この証言で重要な事実が浮かび上がっている。赤木さんが残したという改ざんについての詳細なファイルの存在だ。これまで一切知られていなかった〝新事実〟だ。

池田氏の言うとおりなら、それは大阪地検特捜部に提出されたはずだ。そんな〝決定的証拠〟があったにも関わらず、そして心ならずも改ざんの〝実行犯〟にさせられた赤木俊夫さん本人が「自分は犯罪者だ。もう逃げられない」と認識していたにも関わらず、大阪地検特捜部は公文書変造罪にも公用文書毀棄《きき》罪にもあたらないとして、佐川氏をはじめ財務省の関係者ら三十八人全員を不起訴にした。検察審査会は「不起訴は不当だ」と議決したが、それでも大阪地検特捜部は再び不起訴にした。これは一体なぜなのか？

特捜部がこの事件の捜査を行っていた当時、私はＮＨＫ大阪報道部で司法担当として検察庁を取材していた。当時の特捜部長は山本真千子氏。二〇一八年五月にすべてを不起訴にした山本氏は、まもなく函館地検検事正に栄転。翌年、大阪地検ナンバー2の次席検事として戻ってきた。このポストは、いずれ天皇陛下の認証官たる「検事長」就任の可能性が高いと言われる出世コースだ。「不起訴のご褒美か」としばしば揶揄される。

だが一方で私は、現場の検事たちがギリギリまで捜査を続けていたことを知っている。当時の私のメモ帳には、一八年五月上旬になってもまだ関係者の事情聴取を行っていたことが記されている。不起訴ありきではなく、何とかこれを事件にできないか模索する動きが現場には確かにあった。山本特捜部長も、それを圧力をかけてつぶすようなことはしていなかったように見えた。

これに対し終始一貫、事件をつぶして不起訴にする方向で圧力を加えていたのは、東京の法務省・最高検サイドだ。そして当時の法務省事務方トップの事務次官は黒川弘務氏。〝官邸の守護神〟の異名を受け、その後、東京高検検事長の時に政権の意向と言われる無理筋の定年延長で、検察トップの検事総長を目指すかと思われたが、記者との賭けマージャンを週刊文春にスクープされて辞任に追い込まれた。

そういえば、俊夫さんの手記で「すべて虚偽答弁」と断罪された財務省の太田（充）理財局長（当時）は今や主計局長で、次期財務事務次官と目されている。森友事件で政権に貢献すると官僚トップに上りつめられるのだろうか？

俊夫さんの墓参の翌日の三月二十三日、国会では参議院予算委員会で、俊夫さんの手記と雅子さんが起こした裁判をめぐり質疑が行われていた。そこに雅子さんからＬＩＮＥが届いた。

〈病院の待合室で国会中継流れています。音は聞こえにくいですが夫の手書きの遺書が大きく映し出されています。うまく聞こえないのにみんながテレビに釘づけになりました。一生忘れられない光景です〉

……なんて素敵な描写だろう。雅子さんのＬＩＮＥは続く。

〈今日の麻生さんの答弁テレビで取り上げられているそうです。友達からたくさん連絡が来ます〉

みんなが赤木雅子さんを応援している。夫と二人、幸せに暮らしてきた女性の人生を暗転させた夫の心の病と死。夫はなぜ命を絶ったのか？　その無念を晴らすため、真相を知ることが自分の使命と裁判を起こし、夫の手記を公表した女性を、みんなが支援している。

第11章 トッちゃんを食い物にした上司は全員「異例の出世」

俊夫さんの元上司・楠氏（中央）と話す雅子さん（右）。左は相澤

匿名の手紙

「応援のお手紙が生越先生からたくさん送られてきました。その中のひとつですが、コレ内部の人からだと思いませんか?」

赤木雅子さんが夫、俊夫さんの「手記」を公表し、国などを提訴してから三週間が過ぎた四月九日。雅子さんからこんなLINEが届いた。その手紙はA4の一枚紙で、差出人は書かれていない。消印がないから自分で弁護士事務所に投函したのだろう。読んですぐに私は返信した。

〈間違いありません。人事のことがこんなに詳しくわかるのは内部の人だけです〉

〈この手紙、背筋が凍ります〉

文書は何の前置きもあいさつもなく、いきなり本題から始まっている。

〈赤木さんの自殺の件は、佐川元長官［注・理財局長の後、国税庁長官］が首謀者のようになっていますが、本当は、赤木さんを助けなかった近畿財務局の直属上司たちが一番罪深いと思います。にもかかわらず、当時の近畿財務局管財部の上司たちは、全員、異例の出世をしています。まさに赤木さんを食い物にしたのは、この5人だと思います。良識のある近畿財務局の職員は、きっとそう思っています〉

続けて列挙される五人の上司の実名。その筆頭にあげられている人物の名前に雅子さんの目は釘付けとなった。

〈①楠　管財部長↓2018年7月　総務部長（高卒プロパー初）↓2019年7月　定年後、神戸事務所［注・神戸財務事務所］にて再任用（初の個室付き）↓2020年2月　神戸事務所退職↓2020年3月　神戸信用金庫に即、天下り（公務員の再就職等規制違反にならないのか？）〉

俊夫さんが亡くなった翌日、我が家にやってきて「遺書を見させて」とか「もう一～二週間待っとけば」とか、言いたい放題言っていった楠さんが、こんなに栄転しているなんて知らなかった。

続いて上げられている4人は、（以下原文ママ）

〈②松本　管財部次長↓2019年7月　総務部次長
（本省勤務経験は幹部登用の必須条件であるが、その経験なしでの異例の出世）
③山田　管財総括課長↓2018年7月　京都事務所次長↓2019年7月　管財部次長
（本省勤務経験は幹部登用の必須条件であるが、その経験なしでの異例の出世）
また、①の楠部長天下りのおぜん立てをした人物の出世も見事です。
④来田　総務部次長↓2019年7月　北海道財務局管財部長
⑤米田　人事課長↓2019年7月　財務省大臣官房秘書課課長補佐
こんなことで、いいのでしょうか〉

雅子さんは⑤の米田氏にも会ったことがある。俊夫さんの一周忌を前にした二〇一九年二月七日、岡本薫明《しげあき》財務事務次官が自宅にやってきた時、お付きの一人として来ていた。告発文書にあるように、当時は近畿財務局総務部の人事課長だ。米田氏は岡本次官について「一番偉い人ですよ。わかってます?」と神経を逆なでするようなことを口にした。それだけではない。その場で森友事件に関係した財務省職員の省内での「出世」が話題になった時、米田氏は「してないです、してないです。飛ばされてますから」と否定した。雅子さんが「でも、みんな出世してるって言ってた」と問うても、「してません、してません」「あれは、あの世界では出世ではないんですわ」などと答えていた。ところが、当の米田氏自身が、その年の夏に本省の大臣官房秘書課課長補佐に栄転していたのだ。

財務省に問い合わせたところ、告発文書に書かれている五人の異動はすべて事実と認めた。ただし①の楠敏志氏の総務部長就任が「高卒プロパー初」というのは前例があると答えた。また戒告処分直後の総務部長就任は、それまでの管財部長と同等、つまり横滑りであり昇任ではないという。処分直後の昇任は内規に違反するため、官僚らしく整合性を取った説明だ。ただ、総務部長が他の部長とは別格で、近畿財務局の実質ナンバー2なのは関係者の誰もが知るところだ。

さらに、楠氏が神戸財務事務所で「個室付き」というのは、会議室をつぶして与えられたということも関係者への取材で確認できた。

雅子さんは二十年以上前の神戸での新婚時代にも楠氏に会ったことがある。当時も上司だった楠氏が同じ官舎に住んでいて、俊夫さんとともに自宅を訪ねた。楠さんは俊夫さんと親しくお付き合いしていたはずなのに、亡くなった後はあんな振る舞いを見せた（第4章参照）。

雅子さんは私に告げた。「私、楠さんにお会いしたい。お会いして、改ざん当時のこと、夫が手記に書き残したことを聞きたいです。この手紙が事実かどうかも」

出世した元上司を直撃

四月十三日（月）は雨の降る肌寒い日だった。早朝から雅子さんは一人凍えながら、楠氏が天下ったという神戸市中央区の神戸信用金庫の本店前に立っていた。午前八時前、楠氏が現れた。建物に入ろうとするところを雅子さんは呼び止めた。

「楠さんですよね？」

「いや」

「私、赤木です」

「あぁ～」

「お話、聞きたいんです」

「いや、時間ないから」

何度頼んでも冷たくあしらわれ、雅子さんは思わず涙声になった。

「お願いします～（涙）」

職場の前で女性に泣かれては、男は焦る。楠氏はとりあえず昼休みに会う約束をして建物に入った。

正午、雅子さんは近くの三宮神社に向かった。ここは俊夫さんとよく訪れた思い出の場所。楠氏への直撃を前に〝必勝祈願〟だ。「トッちゃんの分までちゃんと話を聞かないと……」と胸に誓った。

そして近くにはもう一つ思い出の場所がある。二〇一七年二月二十六日、俊夫さんが改ざんをさせられる直前にお気に入りのインコテックスのパンツを買ったお店が、神戸信金本店と同じ通り沿いだったのだ。そこで買ったパンツは、改ざんの後、結局はかずじまいだった。トッちゃんを追い詰めた改ざんの真相を知りたい。雅子さんは思いも新たに楠氏が現れるのを神戸信金本店前で待った。

約束の時間。楠氏は姿を見せたが、一人で待つ雅子さんに少し話しかけたかと思うと、すぐに歩き去っていく。雅子さんは横について歩きながら話しかけた。

「美並局長がね、『全責任をとるなんて言っていない』と言うんですよ。おかしいと思うんです」

「そのようなことは僕は一切しゃべらない」

「でも人の命がかかってるんですよ。夫が嘘ついたって言うんですか？」

「何も言わないって」

「そんなの卑怯ですよ」

「どちらが卑怯なんよ」

「夫はあなたから聞いたんですよ」

「僕は会社（財務局）を辞めたから」

「それは理由にならないですよ」

「僕はもう一切関係ありませんよって」

「逃げるんですか？　そういうのを逃げって言うんですよ」

「申し訳ないですけど」

「じゃああの時、『二週間待ったら死ななくてよかったのに』って、そうおっしゃいましたよね」

「いろいろな動きが会社の中であったから」

「それを教えてください」

「会社のことは一切しゃべらないって」

「じゃあ名刺ください」

「渡しませんよ。何であなたに」

「本当のことが知りたい。夫が死んだんです」

「だからしゃべりませんって。僕は何も言いませんから、過去のことは」

「過去のことと言いましたね。夫は過去のことですか？　亡くなって終わりですか？　私の中ではまったく終わっていない」

「すいません。これで失礼します。ついて来ないでください」

……本職の記者顔負けの見事な食い下がりだ。ここで雅子さんは、少し離れて様子を見守っていた私と週刊文春記者の方に駆け寄ってきた。

「何も話してくれないんです。食事に行くと言って」

よし、雅子さんに負けられない。私は楠氏に近寄り、名刺を渡してあいさつをした。

「ああ、週刊文春の記者ね」

……名刺には大阪日日新聞と書いてあるのだが、まあそれはいい。今度は私が雅子さんに代わって食い下がる番だ。

「どうして赤木さんと話をしてあげないんですか？　あそこ（神戸信金本店）でゆっくり話をしたらいいじゃないですか。個室をもらっているんでしょ？」

「えっ？」

楠氏は「なぜ知っているんだ？」という顔で私を見返す。

「神戸財務事務所でも個室をもらっていたじゃないですか。会議室をつぶして」

「あれは会議室を私の部屋として使わせてもらったんで……」

「それを個室って言うんでしょ」

楠氏は特別扱いで個室をもらっていたことを思わず認めた。ここからが本題だ。

逃げないでください

「あなたは赤木俊夫さんが（手記に）書いたことを否定するんですか？　イエスかノーかどっちですか？　答えてください。否定しないということは認めたことになりますよ。それでよろしいんですか？」

「もういいかげんにしてくださいよ」

「じゃあちゃんと話してくださいよ」

「やめて下さい」

「僕らには聞く権利がある。楠さんは俊夫さんが亡くなった翌日、一～二週間待ってほしいと言ったのは何だったんですか？　一～二週間待ったら何があったんですか？　遺書を見せて下さいとおっしゃいましたね。見たかったのはなぜですか？」

楠氏は何も答えない。横にいる雅子さんが提案した。

「じゃあちょっとどこかで話しません？」

楠氏が「食事を……」と言いかけると雅子さんは問い詰めた。

「こんな状況で食事なんてとれます？」

「何も……」

「お昼一食抜いたからってどうなんですか。私、ついていきますよ」

「しゃべりませんよ」

「私はね、十分でいいんですよ。話をしてほしい。夫と仲良くしていたとおっしゃっていたじゃないですか。なのに何で逃げるんですか？　夫からも逃げて、私からも逃げて」

ここで再び私が質問する。

「あなた『何でも頼りにしてください』って言っていたじゃないですか。でもサポートしていない」

雅子さんが「何にもしてくれない」と追撃。

私が「あの後、葬儀も来なかった」。

たまらず楠氏は「うるさい。近くに寄らないで」と声を上げた。

これに雅子さん、「夫はね、近くに寄りたくても寄れないんです。もう死にました！　助けてください。夫は助けられなかったんでしょ？」

私は追及の矛先を変えた。

「（近畿財務局の）総務部長というのは局長に次ぐナンバー2ですよね。その前に財務省の改ざんで戒告処分を受けていますよね。懲戒処分を受けた人が、その一か月後に昇進している。これは？」

「逃げないでください、楠さん」と雅子さん。

私が「在職中のことは答える義務がある。きちんと答えて頂ければ引きあげます」と続けると、楠氏は「相澤さん、しゃべらないでください。やめてください」とひたすら向き合おうとしない。

「近畿財務局から神戸財務事務所、神戸財務事務所から神戸信用金庫。監督官庁から直後に神戸信用金庫に天下り。これ、いいんですか？　手続き、ちゃんと踏んでるんですか？」

楠氏は無言だ。

「あなたが答えないのは自由ですが、不正を指摘したのに否定しないってことは認めたってことですよ。あなたは何にも言わない。普通だったら『ちゃんと手続き踏んでいる』とか言うはずですよ。否定しないってことは認めてるってことですね？」

たまりかねたのか、楠氏は「警察を呼びますよ」と言い出した。私が「ご自由に」と言うと、楠氏はなぜか自分の携帯を使わず、商店街の案内所で電話を借りて警察に連絡した。まもなく兵庫県警の制服警察官五人が駆けつけてきた。私を楠氏から引き離そうとする。私は「（楠氏を）見えないところに連れていかないで。私から見えるところにいて」と主張し、それが聞き入れられたのを確認した上で、警察官に事情を説明した。

これは取材で、手を出すなど違法行為はしていないこと。相手が答えないのは自由だが、公道上にいる限り尋ねるのも自由で、楠氏が神戸信金の建物に入るまでついていくこと。警察官も「それはそうですね」と納得した。

実は、私はＮＨＫ神戸放送局で兵庫県警の取材を担当していたことがある。二十五年前、阪神・淡路大震災の頃だ。警察が何を許さず、どこまでなら許すか、体験しているのだ。

楠氏も事情を聴かれている。横で雅子さんが痛烈な皮肉を浴びせた。

「警察沙汰にするなんて、逃げ上手ですね。夫の死からも逃げましたもんね。夫に謝ってくださいよ」

数分後、楠氏は警察官に守られるように囲まれながら神戸信金本店へと戻っていく。こだわっていた昼食はとらないままだ。私たちは後をついていき、楠氏が建物に入ろうとする際に雅子さんが背後から声をかけた。

「楠さん、また来ますから。次は答えてくださいね！」

楠氏は無言で建物内へと消えた。

知らぬ存ぜぬは許しません

『ゆきゆきて、神軍』という映画がある。旧帝国陸軍の兵士だった男性が、戦時中の兵士の射殺事件の真相を追及しようと当時の関係者を訪ね歩く。最後に主犯格とみた元上司を訪ねて、というドキュメンタリーだ。

この日起きたことは赤木雅子さんの「ゆきゆきて、神軍」なのだと私は感じた。夫の死の真相を追及するため関係者を訪ね歩く〝神軍〟。その〝進軍〟は誰にも止められない。なぜなら雅子さんには真相を知る権利があるから。

映画のキャッチコピーは「知らぬ存ぜぬは許しません」。これも雅子さんに通ずる部分があるように思える――そう伝えるとしばらくしてＬＩＮＥが返ってきた。

〈『ゆきゆきて、神軍』今観てます〉

〈『ゆきゆきて、神軍』は過激ですから一緒にはできませんが、死の真相追及というモチーフが似ているので使いました〉

〈腹の中の過激さは映画に近いものがあります。自分に素直に生きるのは難しいですね。戦争はいやですね。夫は自分の置かれている状況は戦争と同じやと言ってました。上司の命令には逆らえないから。昨日の事は本当に良かったです。答えは何も聞けなかったですが粘り強く会いに行くつもりです〉

相手が〝ゼロ回答〟でも、ちっとも落ち込んでいなかった。むしろ、この日の〝戦果〟に手応えを感じた様子だった。

ところが、この後、雅子さんの心は揺れ動く。楠氏の天下りについて神戸信用金庫に問い合わせたところ、「内閣府官民人材交流センター・求人求職者情報提供事業に基づき嘱託職員として採用した」――つまり正当な手続きをとったという回答が返ってきたことで、がっかりしたのだ。
翌日のＬＩＮＥだ。〈いくら頑張っても財務局の固い鎧は打ち破れない感じがしてしまいます。夫のノートにも玉砕戦法とメモが残されてます。戦争の犠牲者ですよね
〈記事が出たらみんなホントに戦々恐々ですよ〉

〈そうですかね。大きい組織や上の立場の人が言うことは間違っていても正しいことになるじゃないですか。いくら頑張って文春に載せてもらっても誰も戦々恐々なんてしないと思えてなりません。自己満足で終わるんじゃないですか？　人の気持ちは変えられないです〉

〈そんなことありませんよ。正当な手続きと言い張っても世間がそれを信じなければ楠さんは立場を失うでしょう〉

〈地位にしがみつけなかったことで悔しい思いをしても、夫に悪かったと反省し本当のことを話す気持ちにならないのなら意味がないです。こんなこと続けてもわたしも虚しいだけです〉

〈むなしさを感じるのはもっともです。あんな対応をされては。でも地位を失って初めて反省するかもしれません〉

〈地位を失って反省するなら夫を失った時に反省してます。財務局財務省にはそんな人間いないんですよ。ＮＨＫにだっていないでしょ。相澤さんの言ってることは理想です〉

ここで「ＮＨＫにだっていないでしょ」というのは、私がＮＨＫで森友問題を追及する中で記者を外され退職したいきさつを指している。

〈そうかもしれませんね。でも希望がないと生きていけませんから。死ぬまで追及して「わからなかった」と言いながら死ぬかもしれませんけど、希望は持ち続けたいと思います〉

〈強いですね。私のことを信じて手記を託して亡くなった夫のこと思うと強くありたいです。今は何に希望を持てばいいのかわかりません。明日の朝には希望の光がさすということにします〉

〈気分は浮き沈みするのが当たり前ですよ。朝になれば気分も変わります〉

〈20万の人（改ざんの再調査へのこの時点での賛同者数）が応援してくれる日がくることをあの時の夫に教えてあげたい〉

〈きっと届いていますよ〉

別の機会に雅子さんは映画の話を持ちだした。

〈夫が大好きだった映画『生きる』見たことありますか？　夫の公務員としてのあり方に似ていると今思います。白黒映画ですけど最後は泣けます。志村喬のファンでした〉

〈はい、『生きる』は大学生の時に見ました。最後のブランコのシーンですね〉

〈そうそう。ブランコに乗ったまま亡くなるんですよね。夫は思いを遂げることなく亡くなりましたが、今私が夫の思いを代わりにぶつけています〉

さらに後日、雅子さんは元気を取り戻していた。

〈コンビニの帰りに知らないおばあちゃんがこのもみじの木は緑がきれいやねえと話しかけてくれました。この時期の緑が萌える山を見るのが好きやった夫に下ばっかり見ないで木を見たり山を見たりして季節を楽しんで！と言われてるようでした。相澤さんのお陰で世の中が少しずつ動き始めました。夫も喜んでると今朝なんとなくかんじました〉

〈これから文化放送ラジオに出ます。この言葉紹介してもいいですか？〉

〈はいお願いします〉

〈（ラジオで）読みました。泣きましたという声が届いています。反響大きいですよ〉

〈そうなんですね。ありがとうございます。夫のこと感じることがあったらまた送ります。ご近所の方から「玄関に荷物置いてるからね」と電話があって、ドアを開けてみると山のような食料品！　手紙もあって。ご主人さまのお気持ちが少しでも安らかな形になりますようにと裁判のことを気遣ってくださっています。この方だけでなく色んな方に助けてもらってます。そしてそのすべての方が夫と繫がりのある方です。ひとりになってもひとりじゃないです。25年前夫に見つけてもらえて私は本当に幸せ者です。裁判して手記公開して命がけでやってきたけど、こんなに感謝するようなことになるなんて想像してなかったので。びっくりしてます〉

　多くの方の支援の気持ちが、雅子さんを励ましていた。

第12章

安倍首相「辞める」答弁は改ざんと「関係あった」

森友問題について答弁する安倍晋三総理（共同通信）

雅子さんを訪ねた財務省幹部

春うららかな四月七日の早朝、黄色い菜の花が咲き誇る江戸川の川べり。そこからほど近い住宅地で、私はある人物が自宅から姿を見せるのを待っていた。

伊藤豊氏。昨夏から金融庁監督局審議官の任にあるが、二年前の公文書改ざん発覚時は、財務省の人事を所管する秘書課長として、改ざんに関する調査報告書を取りまとめた責任者だ。当時財務省が行った内部調査のすべてを知りうる立場にある。私には、どうしても彼に聞かねばならぬ事があった。

「安倍首相の『関係していたら総理も議員も辞める』答弁。あれが改ざんに関係あったと、調査の責任者だったあなた自身が認めていますよね。それは、佐川さん（佐川宣寿元理財局長）が調査でそのように説明したからですね？」

ここで「安倍首相の答弁と改ざんが関係ある？　そんなこと、財務省が認めてたっけ？」と疑問に思われる方もいるだろう。もちろん財務省は表立ってはそんなことを認めていない。だが、あるところで、確かに伊藤氏はそれを認めているのだ。話は一年半前にさかのぼる。

二〇一八年（平成三十年）十月二十八日。私が雅子さんと初めて会う一か月ほど前のこと。一台のタクシーが雅子さんの住むマンションに乗り付けた。乗っているのは、財務省秘書課長だった伊東豊氏と、近畿財務局の人事課長だった米田征史氏。彼らはマンションの正面玄関ではなく、裏側の駐車場にわざわざ回り込み、裏口からマンションに入った。

　二人は雅子さんに、改ざんの調査報告書について説明するために訪れた。とは言っても、報告書が公表されてからすでに四か月以上がたっていた。いつまでも説明がないと雅子さんの代理人だった中川弁護士から催促されて、ようやく訪れたのだ。

　伊藤氏は初対面のあいさつをすませると、まずおわびから入った。

「誤った判断でご主人には大変辛い思いをさせてしまいまして。奥様にも大変辛い思いをさせてしまいまして、結果、取り返しのつかないことになってしまったことにつきましては、おわびの申し上げようもないと思っております。今日は線香を上げさせて頂く、こうやってお話をさせて頂く機会を作って頂いて、私、担当は人事全般ですけども、この報告書を取りまとめた者としましても大変ありがたく思っておりますので、もう何なりと聞いて頂ければと思っておりますが、まずはおわびを申し上げます。申し訳ございませんでした」

　これに雅子さんは率直な思いをぶつけた。

「これ出たの六月じゃないですか？」

　すると、同席していた代理人（当時）の中川弁護士が割って入った。

「すでに（近畿財務局の美並）局長も来られているということもあったので、財務省の方も『来なあかん』という意識がなかなか共有できなかったと思うので、今回おいで頂いた経緯で、一応双方の認識が一致していると」

　これではいったいどちらの味方かわからない。

　雅子さんはこの時の会話をICレコーダーで録音していた。それは別に裁判の証拠にしようとか、いずれ公表しようなどと考えていたわけではない。雅子さんは振り返る。

「怖かったんです。財務省の人や近畿財務局の人が。財務省の調査報告書は夫が亡くなった背景を調べているのに、夫の名誉に関わるから『説明を聞きたいなあ』と思っていたのに、何の説明もないし。私、（財務省がウェブサイトで公開した）報告書を一人で印刷して、泣きながら読んだんですよ。でも意味がわからなくて、どんなに孤独だったか。それに麻生大臣のお墓参りについて、私は来てほしいと言ったのに、「遺族が望んでいない」と勝手に発言がねじ曲げられたこともありました。何を言われるか、何をされるかわからない。それが怖くて、録音をとっておこうと思ったんです」

「みんな馬鹿やったってことですか？」

　雅子さんは辛い記憶をたどりながら切々と伊藤氏に語った。

「そこ（窓際）で亡くなったんですけど、私、仕事行っていて、連絡取れなくなって、もう自分でも『亡くなってるんやろ～』と思って帰ってきたんですけども……」

　改ざんをさせた財務省に、近畿財務局に、夫は殺されたのだという悲痛な思いを語る雅子さん。

この間、伊藤氏は黙りこみ、無表情で話を聞いていたという。雅子さんはさらに俊夫さんの思いを代弁した。

「夫がちょっと前に久しぶりに夢に出てきて『悔しい〜』って言ってたんで、悔しかったと思うんですよ。佐川さんはすごい有能な方やって麻生さんは思われてるでしょうけど、私からしたら『人殺しや』って思うから。一言も謝罪もないし」

ここで雅子さんは俊夫さんが書いていた「手記」に触れる。

「夫も書いてるものには『佐川さん』ってすごい書いてるんですよ。だからやっぱり佐川さんには謝ってほしいと思います。相当苦しんでいたんで」

「結局最後はここで首つったんですけど、まぁ『私に見つけてほしかったんやろな〜』と思うんですよ。うん。私はすごい大事にしてもらったんですよ、二十三年間。私の家族とかもすごく大事にしてくれた優しい人やったんで。これからどうやって私生きていこうかと思うと、やっぱり一つ区切りつけてもらわないと、とてもじゃないけど再スタートできないので、今日はよろしくお願いします」

ここで伊藤氏はようやく口を開いた。

「私がご説明したい内容を申し上げることで区切りになるかどうか分かりませんけども、知っていることは全部お話しさせて頂きます」

雅子さんにはどうしてもきちんと認めてもらいたいことがあった。財務省の調査報告書の37ページには、改ざんに「多くの職員が反発した」と書かれている。この一人は夫だったのではないか？　ことは名誉に関わる。この問いかけに伊藤氏は、

「そこは赤木さんを含めて何人かの方が『もうこんな決裁文書直すなんておかしいんじゃないのか、こんなことやるべきじゃない』というお話をされたというのが、実名は書いておりませんけども、この報告書に書いてある『近畿財務局の職員が』というところです」

「（報告書について）会見されてたじゃないですか？　なんでその時に『亡くなった人（俊夫さん）が、この反発した人や』っていうことを認められなかったんですか？」

「そこは私どもの判断ですので、奥様からすると、そこはもっと、っていうことだったかもしれませんけども、人が一人亡くなっておられるわけですので、その亡くなった方のことについて申し上げることが適切ではない、ということでありまして。大臣の答弁もまぁ色々な思惑でしているところもありますけれども、少なくともご主人の点については、マスコミとか野党は、面白おかしくと言いますか、そういう観点で質問してくることがほとんどすべてなので、そこはなるべく、直接は答えないようなことを、あえてしております」

……おかしなことはマスコミと野党のせい。伊藤氏の発言にはこうした考えが繰り返し出てくる。例えば俊夫さんの手記に実名で登場する、佐川氏の改ざんの指示を現場に伝達した職員たちについて、伊藤氏は「佐川局長の指示が赤木（俊夫）さんまで到達するまでに途中に何人もいた」と語っている。それに雅子さんが「みんな馬鹿やったってことですか？　すごい勉強してね。

なんで悪いことって思わないんですかね？」と尋ねると、

「今から振り返れば当然にいくつも判断ミスをしていてですね。結局『国会を何とか無事に収めようとした』ということですけれども、別に近畿財務局できちんと作られたもの（改ざん前の文書）を国会に出して、野党はワーワー言いますけれども、一生懸命説明すればですね、こんなことになっていないわけですので」

「でも、うちの夫はもう最初から『こんなんしたらあかん！』ってずっと言ってたんですよ」

「ええ、それが正しかったということですね」

「うちの夫はそんな学もないけど、（彼らは）何でそこに気付かないんやろって思って不思議でならないんですよ。そこがすごい不思議で、何でこんなことになって……」

俊夫さんが残した「手記」も話題になった。雅子さんは「公表してほしいという意図の遺書やから」と言いつつも、「もう傷つきたくない」「（伊藤氏が）来てくださったので、ちょっと気持ちが落ち着いた」と述べた。雅子さんの気持ちはこの時、手記を公表しない方向に傾いていたのだ。

ここで中川弁護士が「何か聞き残しとか伝え残しとかございませんか」「わざわざ日曜日においで頂いているわけですから」と発言すると、雅子さんはこれまでずっと聞きたかったことを切り出した。

「あの～安倍さんが『これがホンマやったら首相もなんや辞めるから』って、もうあればっかり言うじゃないですか。やっぱりその、（改ざんに）関係があるんですか？　夫はそんなこと一個も言ってなかったんですよ？」

国会が炎上したから

国有地巨額値引き発覚直後の二〇一七年（平成二十九年）二月十七日、衆院予算委員会で追及された安倍首相が放った「私や妻がこの認可、あるいは国有地払い下げに、もし関わっていれば総理大臣をやめる」。野党もメディアも騒然となった。だからこそ佐川氏も国会で「あの総理の答弁の前と後ろで私自身が答弁を変えたという意識はございません」（二〇一八年三月二十七日、参院予算委の証人喚問）と答え、麻生大臣も「御指摘の答弁が影響を与えたとは考えておりません」（同年三月十六日の参院本会議）とかばってきた。安倍首相も、俊夫さんが書き残した「手記」に自身の答弁のことが書かれていないことを盾にとって、自分は関係ない、再調査は必要ないという立場をとっている。

だが伊藤氏は、雅子さんが手記を公表しないだろうという安心感からか、国会での説明とはまるで違う、驚くほど率直な説明をし始めた。

「国会が、まぁある意味延長したのは、あの発言があったから。野党は安倍さんの首を取りたくて。まぁ〜いろんなネタを、これだけじゃなくて加計学園とかですね、色んなネタで安倍さんの首取ろうとしているわけですけど」

「うまいこと使われているってことですよね？」

「まぁ少なくとも、あの～一部マスコミと野党はそうだと思います。安倍さんが首相じゃなくなったらだいぶ変わるとは思います。で、最初のご質問に戻ると、安倍さんがああやって『関知してたら辞めてやる』っておっしゃったのが二月十七日なんですけれど、あれでまぁ炎上してしまって。で、理財局に対するいろんな野党の『あれ出せ、これ出せ』っていうのもですね、ワーッて増えているので、そういう意味では関係があったとは思います。炎上しなければ別にそんなに、何か無理しなくてもですね。理財局は普通に淡々としていれば、（改ざん前の文書を）要求されても出せば、別に出しても炎上しませんし。まぁそういう意味では、ちょっと間接的ですけども、関係がなかった、ということもない、と思いますね」

いろいろと官僚らしい遠回しな言い方をしているが、端的に言えば「安倍さんが『関係していたら辞める』と強気なことを言って国会が炎上したから、収めようとして改ざんをした」と言っているに等しい。安倍首相の答弁が改ざんを招いた。そのことを、財務省の内部調査の取りまとめ役だった伊藤氏が認めた意味は極めて重い。改ざんに関わった〝誰か〟が調査にそのように話したのに違いない。

それは誰か？

真っ先に思い浮かぶのは「手記」で「すべては佐川氏の指示」と名指しされた佐川元理財局長。あるいは佐川氏の指示で現場に改ざんを強制したとされる中村稔理財局総務課長（当時）や田村嘉啓国有財産審理室長（当時）だろうか。

結局、伊藤氏が取りまとめた調査報告書では改ざんの真相はちっともわからない。俊夫さんが死に追い込まれた背景もわからない。ところが伊藤氏は雅子さんの前では表向きの説明とはまったく違う「真相」を話している。だから雅子さんは俊夫さんの手記公表と提訴に踏み切り、再調査を求めている。それなのに安倍首相も麻生財務大臣も「新事実はない」「再調査は必要ない」という姿勢を変えようとしない。

だからこそ、誰が調査で「安倍首相の答弁と改ざんは関係あった」と語ったのかは極めて重要だ。私はそれを伊藤氏に聞かなければならない。雅子さんにそう伝えると、「ありがとうございます。私も気持ちだけでも突撃します！」とＬＩＮＥが返ってきた。

二〇二〇年四月三日（金）、六日（月）と早朝から自宅付近で出勤するのを待ったが出てこなかった。さらに早く出たのだろうか？　私は六日の夜、最寄り駅で帰宅を待ち受けることにした。

伊藤氏を直撃取材

夜十一時五十四分。伊藤氏が駅の改札を出てきた。ついに姿を捉えた。埼玉県立春日部高校時代は野球に明け暮れ、二浪の末に入った東大法学部時代も野球部の主将、捕手として神宮で活躍したという伊藤氏。入省三十二年目の今もスマートな身体を紺色のコートで包んでいる。駅から少し離れた路上で、す～っと近づく。ＧＯ！　直撃だ。

「伊藤さん、すみません、夜遅くまで。はじめまして。私、相澤と申します。大阪日日新聞の記者で、この前、週刊文春で赤木俊夫さんの手記を……」
伊藤氏「ええっ、こんなとこまで？　私のとこまで来られたんですか？」
相澤「調査報告書をまとめた責任者の方ですから、ぜひお会いしたいと思いまして」
伊藤氏「いやいや、役目も離れてますから」
相澤「当然、二年前に調査された時に、俊夫さんの手記はお読みになっていると思いますけども、今、赤木雅子さんがあの手記を公表されて、そのことをどういう風に受けとめていらっしゃいますか？」
伊藤氏「いやもうちょっと、今、財務省の人に迷惑かかるといかんので」
相澤「当時、佐川さんにですね、当然調査をされてると思うんですけどね」
伊藤氏「いやちょっと、勘弁してください」
相澤「いやいや、佐川さんに調査をしないっていうことはありえないじゃないですか？」
伊藤氏「いやいや、私に対するインタビューは勘弁してください。答えなくてもいいですか？」
相澤「もちろん、取材をお断りする自由はありますので」
伊藤氏「じゃあ、そうさせてください」
相澤「ええ。ただ私もお聞きする自由はありますので」
伊藤氏「だからもう答えないので」

相澤「佐川さんのような立場の方になると、おそらく伊藤さんご自身がお話をお聞きになったんじゃないかなと思うんですけども」
伊藤氏「……答えなくていいですか？」
相澤「答えないのはもちろんご自由です」
伊藤氏「聞かれるのも困るので。ずっと一方的にしゃべってるのも困るでしょ」
相澤「いやいやいや、取材に答えない自由はもちろんあるんです」
伊藤氏「それじゃずっと一方的に話すんですか、私に？」
相澤「そうです」
伊藤氏「やめてくださいよ、そんなの〜」
伊藤氏は立ち止まってこちらを振り向いた。ここから私は本題に切り込む。
相澤「それでね、あの年の十月二十八日に赤木さんの所にお伺いして……」
伊藤氏「どうやって断ればいいんですか？」
相澤「だから、取材を受けませんと言うのはもちろん権利ですから自由なんです。ただ私には
逆に取材をする権利はあるわけです」
伊藤氏「でも、受けないって言ってるところに一方的に話すというのはどうして？」
相澤「ですからどう振る舞うかはもちろん伊藤さんのご自由ですけども」
伊藤氏「じゃあ、一応私も立場を離れているので、今家に帰ろうとしてるので、家までついて

きてくれるのやめてくれますか？」
相澤「ここで全部お話しして頂けるんだったらやめます」
伊藤氏「ああ〜。だから僕も相澤さんにとっては取材対象でしょうから断る自由があるでしょ？」
相澤「だから断ることは自由です」
伊藤氏「断ってるのにずっと話しかけるのはおかしくないですか？」
相澤「いや、おかしくありません。私も取材する自由があるから」
伊藤氏「じゃあ、無言でずっと家まで入ったらどうするんですか？」
相澤「いや、家の中まで押しかけるなんてしませんから」
伊藤氏「わかりました」
伊藤氏は足早に自宅へ向かい始めた。私は横を歩きながら話しかけ続けた。
相澤「十月二十八日に赤木雅子さんの家に訪れた時に、伊藤さんは『安倍首相の、私や妻が関与していたら辞めるという答弁が改ざんと関係あった』とおっしゃっていますけれども、それは当然、佐川さんなり、改ざんに深く関わった方が話をしているからそういう風に言うわけですよね？」
無言で歩く伊藤氏に私は語り続けた。
相澤「答えないということは、否定をしないということです。否定をしないということは、この場面では、認めたということになるんですよ。これは認めたということで解釈してよろしいですね？」

伊藤氏「いやいや、こんなところでけんかする必要まったくないんで、僕は紳士的に振る舞いたいと思ってるんです。だけど僕が相澤さんの取材に答えると、後輩に、今一生懸命対応しようとしている財務省の人間に迷惑がかかるといけないので、イエスもノーも言いたくないし、認めたくもないし、何もしたくないので」

ここが切り込みどころだ。

相澤「今、伊藤さんがおっしゃった気持ちはわかります。財務省の後輩に迷惑をかけてはいけないと。でも赤木雅子さんには迷惑かけてもいいんですか？　赤木雅子さんはそれを知りたいとおっしゃってます。わたしはこれを赤木雅子さんに成り代わって聞きに来ています」

伊藤氏「それは相澤さんが今ここでおっしゃってるだけで、僕はそれを確かめるすべがない」

ここだっ！

相澤「ありますよ。赤木雅子さんのとこに行けばいいじゃないですか。行って『あなた本当にこれ知りたいんですか？』って聞いたらすぐわかります」

伊藤氏「ナンセンスでしょう」

相澤「ナンセンスじゃない。だって実際行ってるじゃないですか」

ここからしばし、答えたくない、否定しないのをもって認めたと捉えるのは変だ、あなたの勝手な質問に答える気はない、という応酬があって……。

警察を呼びますよ

相澤「じゃあ、あなたは赤木雅子さんの質問を拒否するということですね？」
伊藤氏「そんなことも言ってなくて、僕はあなたの質問に答えたくないので」
相澤「でも赤木さんのところに行って確認する気はないと」
伊藤氏「あなた勝手に私が答えないことについて勝手な解釈をするのもやめてください」
相澤「勝手な解釈じゃなくて、さっき赤木雅子さんのところに行けばわかりますと言ったら『ナンセンス』と言いましたよね」
伊藤氏「失言です。あなたの質問に答えたくないので言ってるだけで、言葉尻を捉えるのもやめてください」
相澤「じゃあ行く気があるんですか？　赤木さんのところに行って説明するんですか？　もう一度」
伊藤氏「あなたに対して答えないと言ってるだけなので」
相澤「あなたは赤木さんのところに行ったときに報告書を持っていかなかったそうですね。報告書を持っていかずに報告書の説明に行ったそうですね」
伊藤氏はこちらに向き直った。

伊藤氏「警察を呼びますよ」
相澤「どうぞ、呼んで下さい」
伊藤氏「呼びましょう」
携帯電話を取りだした伊藤氏に私は問いかけた。
相澤「何の違法行為があるんですか？」
伊藤氏「つきまとわれてるので」
相澤「これはつきまといじゃない。取材です」
伊藤氏はしばし黙り込んだ。私はたたみかけた。
相澤「警察呼んでもいいですよ。警察署で話しましょうか？　警察の人の目の前で」
伊藤氏は警察を呼ぶことなく、黙って自宅へと歩み始めた。私は後ろから声をかけた。
「伊藤さん、あなたは不沈空母に乗っていると思ってらっしゃるようですけど、その空母は沈みかけていませんか？　それに気づいた人は逃げ始めてますよ」
ここで自宅の前に着いた。
伊藤氏「家には来ないんでしょ？」
相澤「家の中には行きません。では、おやすみなさい」
伊藤氏「どうも」
相澤「どうもお疲れ様でした。夜遅くまで」

財務省の中でもエリートコースとされる秘書課長を異例の四年間も務めあげ、今は金融庁監督局審議官。今後は金融庁長官となるか、はたまた本省に戻って財務事務次官の目もあるか、と噂される伊藤氏は、何も答えず自宅へと入っていった。

赤木雅子さんは伊藤氏とのやり取りの録音を聞き直していて、あることに気づいた。伊藤氏は会話の中で安倍首相のことを常に「安倍さん」と呼んでいるのだ。官僚は通常、決してそうは呼ばない。「総理」と呼ぶのが通例だ。雅子さんは私に伝えてきた。

「これって安倍さんをディスってるんじゃないですか？」

「安倍さんのあんな答弁さえなければ」という伊藤氏の不本意な思いが、図らずも雅子さんとの会話で示されたように思えた。

今も近畿財務局には、自らが知る真相を語るに語れず、口をつぐんでいる人がいる。伊藤氏のように、板挟みの中で、玉虫色の報告書を作らざるを得なかった人もいる。伊藤氏があの日、「(再発防止のための) 現場の悩みや声が上に届く仕組み」を作りたいとも語っていたが、それは本当に実現されたと言えるのか？　「もっと現場の悲鳴に耳を傾けてほしい」――そんな思いで雅子さんは録音データの公表に踏み切った。

そんなある日、雅子さんからＬＩＮＥが届いた。

〈住民票が必要なので区役所に行ってきました。

二年前の三月三十日、まだ岡山（の実家）にいる頃、区役所に手続きに行き、区役所横にある公園の桜が満開でしたが、不思議なことに桜が白黒に見えたんですよ！　何回見直しても。花見をしている小さい子供もみんな白黒で。そうとう弱ってました。
今日は同じ桜見てきましたが、雨空だけどちゃんと桜色に見えました。
プレッシャーは大きいけど援護射撃もあって強くなりました〉
夫が亡くなった真相を知りたい。雅子さんの願いへの共感が広がって、雅子さんを強くしていた。

第13章

昭恵さんと籠池夫妻「3ショット」写真の話は本当だった

森友学園の籠池夫妻と安倍昭恵総理夫人（中央）

黒川検事長との因縁

雅子さんが俊夫さんの手記を週刊文春で公表し、国と佐川氏を相手に裁判を起こしてからちょうど二か月となる五月十八日の朝、雅子さんからＬＩＮＥが届いた。

〈今日で２ヶ月ですね。あの時は想像もできない今があります。今日も前に進む〉

夫、トッちゃんが亡くなって二年。怖くて動くことができなかった。でも勇気を出して手記の公表と提訴に踏み出した。すると世の中に共感と支援の気持ちが広がった。こんな日が来るとは想像もできなかった。そんな思いを寄せてくれた。私はさっそく返信した。

〈おはようございます。きょうで２か月。ホントですね。きょうのその感想自体を記事にします。こんな記事が読売に。世論が政権を動かしました。次は赤木さんの再調査の番です〉

「こんな記事」とは、その日の読売新聞の朝刊一面を飾った「検察庁法改正案見送り」の記事。政府・与党が通常国会での成立を断念したのだ。検察幹部の人事に政権が介入できるようになることから「安倍官邸の検察支配法案」と批判が高まり、ツイッターで抗議のツイートが五百万件を超えていた。かつてなく巨大な国民の反発の声が、安倍政権の強引な動きを止めた。

この検察庁法改選案は、〝官邸の守護神〟と呼ばれた黒川弘務東京高検検事長（当時）を検事総長に就けようとして定年を延長し、それを無理矢理後付けで正当化するためのものだったと指摘されている。

その黒川氏、実は赤木さん夫妻と深い因縁がある。黒川氏は東京高検検事長の前は法務省の事務方トップ、事務次官をしていた。その時「森友事件」が起きた。国有地の不当な値引きによる背任罪。関連する公文書を破棄・改ざんした公用文書毀棄、公文書変造罪。告発を受け大阪地検特捜部が捜査したが、最後は全員不起訴という結果に終わった。この時、不起訴にしようと現場に圧力をかけたのが黒川事務次官だとささやかれた。〝官邸の守護神〟と呼ばれるゆえんだ。

もしも検察が佐川氏ら財務省関係者を起訴していれば、法廷ですべてが明らかにされたはずだ。黒川氏は、俊夫さんの死の責任追及を断ち切り、雅子さんの真相解明の願いをも握り潰したことになるのである。

そんな黒川氏のための言われた検察庁法改正の見送り。雅子さんはＬＩＮＥで感想を寄せた。

〈安倍首相の一存で検察庁法改正し、黒川さん本人も（定年延長を）辞退しない。不当な値引き・改ざんした財務省財務局と似ています。汚い。改ざんに関わった人間はまんまと出世してます。楠さんや美並さん黒川さん。安倍首相をバックにもって権力を振りかざし威張って生きて行く事。許せないです〉

〈世論が政権を動かしたんですね。安倍首相に国民に寄り添う心があるなら次は再調査が進むはずです。政治家も公務員も誠実であるべきです〉

夫、トッちゃんはなぜ死に追い込まれたのか？　なぜ改ざんをさせられたのか？　改ざんの原因となった国有地の巨額値引きはなぜ行われたのか？　その真相を知りたいと、雅子さんは第三者による公正な再調査を国に求めている。

ところが安倍首相も麻生財務大臣も「再調査はしない」と突っぱねる。そのことが雅子さんの心を締め付ける。私は夫の死の真相が知りたいだけなのに。なぜ再調査に応じてくれないのだろう？　安倍首相だって、再調査で安倍さんも昭恵さんも事件に無関係とはっきりすればありがたいだろうに。

インターネット上のキャンペーンサイトで再調査への賛同を呼びかけたところ、目標の三十五万を超える署名が寄せられた。安倍首相のコロナ〝炎上〟コラボ動画に寄せられたという「いいね」と同じ数だ。

キョンキョンの「いいね」

だが、ネット上では心ない言葉も飛び交う。雅子さんは不安な心持ちも示している。

〈ネットは目に見えない人たちの集まりで、指ひとつで急に反対派になるかもしれない。応援が多いほど反対になる可能性も多いような不安があります〉

その不安は決して根拠のないものではない。こんな言葉を発する人もいるのだ。

〈赤木さんはいいよなー。自分の家族は自殺しても誰にも理解してもらえない〉

ネットでこの記述を見かけた雅子さんはＬＩＮＥを送ってきた。

〈今日は不安から抜け出せないです。早く休みます〉

ところが、次の日には立ち直ることができた。

〈ネットのいやーな記事を昨日読んで落ち込みました。今日はキョンキョンで元気になれました〉

経緯を説明すると、まず産経新聞のオピニオンサイト「iRONNA」で私が、俊夫さんの手記をきっかけに共感が広がっていることを紹介し、安倍政権を支持する方こそ真相解明の再調査に賛成してほしいと訴えた。この記事をツイッターで紹介したところ、キョンキョンこと小泉今日子さんが「いいね」してくれたのだ。そのことを雅子さんに伝えると……。

〈キョンキョンの事。読売新聞の書評を二人で楽しみに読んでました。そのキョンキョンが夫の記事に注目してくださったこと、とても嬉しいです〉

赤木さん夫妻は長年、読売新聞を愛読していた。その紙面で小泉今日子さんは、二〇〇五年から十年間読書委員を務め、書評を書いていた。それを夫婦で読むのが楽しみだったという。そんな思い出深いキョンキョンが「いいね」してくれたことに、雅子さんは感激した。

さらに思わぬ援軍が現れた。その名は笛美さん。ツイッターでのハンドルネームだ。「誰？　その人」という方も、政権の動きをストップさせた「#検察庁法改正案に抗議します」というツイートを発案した人、と言えばおわかりになるだろう。五百万ツイートを超える巨大なうねりを巻き起こした最初の一言を発した人だ。法案見送りが決まると朝刊各紙に彼女のコメントが載った。

その笛美さんが、検察庁法案を止めた翌朝、こんなツイートをした。

〈【拡散希望】#赤木さんの再調査を求めます　森友改竄問題で自死された赤木さんのご遺族、

雅子さんが、世論が政権を動かしたニュースを喜んでくださっているそうです！赤木さんの死の真相も、私たちの声が集まれば解明できるかもしれません。雅子さんの力になりたいです！ぜひ賛同をお願いします！〉

雅子さんはこのツイートを投稿直後に知った。

〈このツイートのこと姉（実兄の妻）からＬＩＮＥでお知らせもらいました！笛美さんありがとうございます。酔談見た友だちからも『笛美さんすごいねー』って電話きました。再調査進むよう応援してくださってありがとうございます〉

私と高校の新聞部仲間、境治とのユーチューブ配信「メディア酔談」では、俊夫さんの手記公表後、立て続けに雅子さんの話題を取り上げている。五月十五日の配信では雅子さんも関心を寄せている話題として検察庁法改正を取り上げ、そこに笛美さんにもＺＯＯＭでリモート参加してもらった。そのことを指している。

雅子さんにとってこの二人の女性は心強い応援団だ。

〈キョンキョンが夫の記事に注目してくださったこと、とても嬉しいです〉

〈笛美さんにはとても感謝していますし。このツイートのおかげで再調査が叶うかもしれません〉と期待を寄せる。

昭恵夫人スリーショットの威力

雅子さんの願いは極めてシンプルだ。夫の死の真相を知りたい。その原因となった公文書改ざんの原点にあるのが、国有地の八億円値引きだ。なぜそんなことが行われたのか？　近畿財務局から有利な取り計らいを受けたことについて、森友学園の理事長だった籠池泰典氏は、発端は安倍首相の妻、安倍昭恵さんと一緒に撮ったスリーショット写真だと述べている。

二〇一四年（平成二十六年）四月二十五日、昭恵さんは初めて森友学園で講演を行った。その後、学園が取得を目指していた問題の国有地を籠池夫妻の案内で訪れ、三人で一緒に写真におさまった。有名な国有地前のスリーショットだ（背景には森友学園の前にこの土地の取得を目指した大阪音楽大学も写っている）。

その三日後、籠池氏は近畿財務局を訪れ、担当者にスリーショット写真を見せた。その時のことについて籠池氏は二〇一九年二月、私の取材に次のように証言した。

籠池氏　昭恵夫人が来られて「いい土地だから話を進めてください」とおっしゃった。写真もありますよ、と（籠池氏が近畿財務局の担当者に話した）。そしたら財務局の人が「写真を見せてください」と言うので見せたら「これコピーしていいですか？　上司、局長にも見せなければいけないので」と。

相澤　写真を見せて近畿財務局の態度は変わりましたか？

籠池氏　変わりました。それまではなかなか話が進まなかったんですが、写真を見せた後は態度が変わったんでビックリしました。こちらの方から「こうしてください」と言わなあかんところを、逆にあちらから「こうされたらどうですか？」「このようにする方がいいですよ」などと、提言のようなものがどんどん出てきました。

こうした経緯について籠池氏は「神風が吹いた」と表現している。内容はきわめて具体的だが、あくまで一方の当事者である籠池氏だけの証言で、もう一方の当事者である近畿財務局の担当者は一度も取材に応じたことがなかった。

その担当者とは前西勇人氏。当時は近畿財務局の統括国有財産管理官で、俊夫さんの上司だった池田靖氏の前任者だ。前西氏は問題の国有地を森友学園に異例の定期借地契約で貸し付けた。その後、後任の池田氏が八億円値引きして売却することになる。

雅子さんは、俊夫さんの手帳を調べていてあることに気がついた。俊夫さんは改ざん後、うつ病になって休職したが、休職中に三回、前西氏と会っている。当時、前西氏は近畿財務局の厚生課長で、休職している職員への対応も仕事だった。国有地の不可解な取り引きの原点となった人物に、トッちゃんはどういう気持ちで会っていたのだろう？

そういえばトッちゃんは前西氏を決して自宅に入れなかった。近くの公民館の部屋などを借りて会っていた。前西氏からお土産として地元で有名なナダシンの餅をもらったことがあったが、それもとうとう口にしなかった。複雑な思いを抱いていたのだろう。その時のトッちゃんの気持ちを思うと、かわいそうで悲しくなる。

夫のことをどう思っているのだろう？　雅子さんは、前西氏に手紙を送った。だが返事は来ない。職場まで会いに行くしかない。

前西氏との面談

五月十四日。財務省近畿財務局神戸財務事務所。前西氏は今、ここで総務課長を務めている。夕方、そろそろ執務時間が終わろうかという頃を見計らって雅子さんは総務課の部屋に入っていった。前西氏は不在だったが、まもなく戻るということで、「どうぞ」と応接室のような部屋に案内された。私は事務所の外で待機しようと思ったが、一緒に招き入れられた。

午後五時十五分、執務時間終了のチャイムが鳴ると、マスクをした前西氏が一人で部屋に入ってきた。雅子さんも私も初対面で、まずあいさつを交わした。赤木さんはすぐ本題に入った。

「手紙を差し上げたんですけど、読んで頂けましたでしょうか？」

「はい、頂戴しました。読ませて頂きました」

「どんな感じで読んで頂きましたか？」

「ご主人様は私の若干後輩の同僚でしたので、本当にお悔やみ申し上げたいと思っています」

「ありがとうございます」

「お手紙を拝見して、告別式なり、線香でも上げに来ないのはなぜ、と書いて頂いたのは、非常に私もつらかったです。今まで線香上げられてないのはですね……。

森友についてはですね、私は相手方と話をしたこともありますし、あの土地を貸し付けすると

ころまでは、私は統括官という本局の課長の立場で事案には関わっております。で、ご主人があ
あいうことになられた原因かどうかっていう、ご主人の不幸なできごとにどうつながるかってい
うのは、お話はできないです」

一言一言、言葉を選ぶようにゆっくりと話す前西氏。マスクのため表情はよくわからない。雅子さんは「逃げておられる感じを私は受けるんですけど」と言いながら核心に切り込んでいった。

「スリーショットの写真を見せられたのは前西さんじゃないですか？」

「私が応接した時です」

「スリーショットの写真、上司に見せるって、誰にお見せになったんですか？」

「お話しできません」

表面上は何も答えていないように聞こえるが、実は極めて重要なことを話している。まず、スリーショット写真を見せたという籠池氏の証言が事実であることを認めている。次に、上司に見せると言ったことも否定していない。もしも見せていないなら「見せていない」と答えるだろう。これは事実上認めたことになる。つまり、籠池氏が安倍昭恵さんとのスリーショット写真を近畿財務局の担当者に見せたところ、「上司に見せる」と言ってコピーを取ったという籠池氏の証言は正しかったことが、初めて財務局側の証言として得られたのだ。

誠実さを感じた対応

雅子さんの追及は続く。俊夫さんが亡くなって二か月後の二〇一八年五月、財務省は九百ページを超える交渉記録や約三千ページに及ぶ決裁文書を公表した。だが、なぜか籠池氏がスリーショット写真を見せた二〇一四年四月二十八日のものだけがない。これは不自然だと国会等で野党からも追及された。雅子さんはその点を突いたのだ。

「なぜあの日の応接記録が出てこないんですか？　前西さんが実際に応接されたってことであれば応接記録は必ずあると思うんで、それを公開してほしいと思ってます」

前西氏は、こう返した。

「東京（の財務本省）も含めて、組織で我々仕事してるから、お話しできないんです。その時に応接記録を作ったかどうかも含めて、お話しできないんです」

この時も「お話しできない」と述べたが、記録の存在自体は否定していない。「作ったかどうかも含めてお話しできない」というのは、「作ったけれども話せない」と言っているように聞こえる。「組織で仕事しているからお話しできない」という言い方に、組織に話すことを止められているというニュアンスが感じられた。

それでも前西氏は面会を拒否せず、雅子さんを室内に招き入れて約三十分間、一人で真摯に応対した。それは俊夫さんの上司だった楠敏志氏が雅子さんに「過去のこと」と言い放ち、警察を呼んで逃げ回ったのとはまったく違う対応だった。時に「本当に申し訳ない」とも語っていた。

そんな前西氏の対応に雅子さんも感謝を示し、途中でこう語った。

「いつかわかることじゃないかなあと思ってます。何かの時にきっと表に出てくるんじゃないかなあと思っています」

和やかな雰囲気で面談を終えた雅子さんは、部屋を出ると私に語った。

「前西さんは誠実に対応して下さったし、悪く書かないでくださいね」

「わかっていますよ。精一杯、誠実に答えたんだと思います」

私はお待ちしています

ところで、検察庁法改正案の行方が関心を集めていた頃、注目の黒川弘務東京高検検事長（当時）宛てにカッターの刃と文書が入った脅迫状が届いたと新聞で報じられた。財務省の公文書改ざんで佐川氏らが不起訴になったことについて、黒川氏が圧力をかけたと疑うものだった。この記事が出た日、雅子さんからＬＩＮＥで記事のリンクとともにこんな言葉が届いた。

「私じゃないです」

いつもおちゃめなユーモアを忘れない雅子さん。同じ日にこんな言葉も送ってきた。

「いつまでも安倍首相がバックにいてはくれません。安倍首相がいなくなった後、（財務省の人が）夫に手を合わせたいという気持ちになれば、いつでも私はお待ちしています。いちばん安倍退陣を待っているのは、改ざんに関わった人達なのかもしれないですねー」

本当にそうではないかと思う。前西氏の慎重に言葉を選びながら話す姿は、どこか苦しそうだった。真実にふたをしたままでは、心安らぐ日は訪れない。

第14章 昭恵さんからLINEが来た！ けど……

スタンプは昭恵夫人をモデルとしたものという

発端は昭恵夫人

雅子さんはずっと考え続けている。私の〝趣味〟、何より大切だった夫、トッちゃんは、なぜ亡くなったのだろう？

それは、公務員にあるまじき、公文書の改ざんをさせられたからだ。そのことを苦に命を絶った。はっきり手記に書いてある。

では、改ざんをさせられたのはなぜ？　それも手記に書いてある。〈すべては佐川理財局長（当時）の指示です〉

それはそうだろう。でも、佐川さんが改ざんを指示したのはなぜ？　財務省で改ざんの調査報告書を取りまとめた伊藤豊秘書課長（当時）は雅子さんに語った。「安倍さんの発言が関係あった」と。国有地の巨額値引き売却が発覚した直後、二〇一七年二月十七日の国会での安倍首相の答弁のことだ。

「私や妻がこの認可、あるいは国有地払い下げに、もし関わっていれば、総理大臣はもちろん、国会議員も辞める」

安倍首相が国会でこう言い切ったことが炎上し、財務省理財局主導の公文書改ざんを招いたと、省内の調査報告の責任者がはっきり認めた。

では、なぜ安倍首相はあんな答弁をしたのだろう？　それは国有地を値引きした相手、森友学園が、あの土地に建てようとしていた小学校の名誉校長が、安倍首相の妻、昭恵さんだったからだ。それがなければ単に「国有地の不審な値引き」であったことが、あれがあったことで「首相の妻が関与しているのでは？」という当然の疑念を招いた。そこを追及されて安倍首相は〝逆ギレ〟したかのように強気の答弁をした。

では、安倍昭恵さんはなぜ森友学園の小学校の名誉校長に就任していたのか？　昭恵さん自身が繰り返し発言している。森友学園の教育方針、教育勅語を幼稚園児に暗唱させ、愛国心を養う、その教育方針に賛同したからだ。安倍首相は、当時の森友学園の籠池泰典理事長から昭恵さんが無理矢理名誉校長にさせられたと発言しているが、籠池氏は「昭恵夫人は喜んで引き受けてくれた」と証言しているし、昭恵さん自身、フェイスブックに「森友学園の教育は素晴らしい」と書いている。

では、昭恵さんが名誉校長だったことと、国有地を八億円も値引きして森友学園に売却したことは、関係があるのだろうか？　実際に値引きを決めて売った担当者は、池田靖氏。俊夫さんの直属の上司だが、俊夫さんがこの職場に異動したのは売却後だったので、俊夫さんは値引きの経緯を知らない。

値引きは、あの国有地に埋まっているとされた〝ごみ〟の撤去費用だと財務省は説明している。ところがその額について、当の池田さんは第10章で紹介したように、雅子さんにこんな話をしている。

「この八億の算出に問題があるわけなんです。確実に撤去する費用が八億になるという確信というか、確証が取れてないんです」

確証がないのになぜ値引きしたのか？　結局あのスリーショット写真に行きつく。池田氏の前任者、前西勇人氏に会いに行くと、彼は写真を見たことを認め、それを上司に見せたことも否定しなかった。籠池氏は、写真を見せた後、財務局の態度が変わり「神風が吹いた」と表現している。

こうして順を追って整理すると物事の流れがはっきりと見えてくる。

●昭恵さんと籠池夫妻のスリーショット写真で近畿財務局の対応が一変。〝神風〟が吹く

↓ごみを理由に国有地を八億円値引きし売却。しかし担当した池田氏は「値引き額に確証がない」

↓巨額値引き発覚。昭恵さんが名誉校長で、国会で追及

↓安倍首相「私や妻が取り引きに関係していたら総理大臣も議員も辞める」

↓佐川財務省理財局長「関連する文書は破棄した」

↓佐川氏答弁の二日後、俊夫さんに公文書改ざんの指示。抵抗したがやらされ、昭恵さんの名前はすべて消された

↓一人責任を押しつけられる恐怖から自ら命を絶つ

……俊夫さんが亡くなった原点は、あのスリーショット写真。あれさえなければ死なずに済ん

だのではないか？　安倍昭恵さんが籠池夫妻と写真に収まらなければ。名誉校長に就任しなければ……。

国有地の値引きが発覚し、昭恵さんは名誉校長を辞任することになる。籠池夫妻は次の様に証言している。

「安倍事務所の初村秘書から電話がかかってきまして『小学校のホームページから何から昭恵夫人の名誉校長というのを取ってほしい』と。送られてきた文書には『名誉校長を辞任します』とありました」

「ところがその後、昭恵さんが電話をかけてきました。『籠池さん、私は辞めてない。今でもあきらめていません』とおっしゃっていました。それで、辞任は安倍首相の事務所が独断でしたんだなとわかりました。昭恵夫人からはその後も何度も電話がありました」

それより前、安倍首相本人からも直接電話がかかってきたことがあるという。

「安倍さんがまだ首相ではなかった頃、昭恵夫人や安倍事務所を通し『一度学園へ講演にお越し頂きたい』とお願いして了解を得ました。ところがその後、安倍さんが自民党総裁選に出ることになって、直前に安倍さんご本人から携帯に電話がありました。『申し訳ないけれど講演会に行けなくなりました』と。その時『次は行きますから』と言うので『ＰＴＡの皆さんに説明するため書面にしていただけますか？』とお願いしたら、後日、『次回は必ず行きます』という署名入りの文書が届きました。その文書は検察庁の捜索で押収されて、今も検察庁にあります」

こうして考えると、やはり一連の出来事の発端は安倍首相の妻、安倍昭恵さんだ。夫が亡くなった原点に昭恵さんがいる。ならば知っていることを話してくださいとお願いしよう。それならできる。

こうして雅子さんは安倍昭恵さんに手紙を出した。

〈安倍昭恵様
私は2年前の3月7日に自死した近畿財務局職員、赤木俊夫の妻の赤木雅子です。夫が亡くなって2年。苦しんでいる私を助けてくださる方々に巡り合い、やっと裁判をする決意ができました。いざ決意をしたものの、安倍首相は再調査することから逃げておられます。どうかご主人様に再調査するようお願いしていただけませんか？　そして、昭恵さんも本当のことをお話ししていただけませんか？　夫や、本当の事を言えず苦しんでいる財務局の方々のことを助けることができるのは、昭恵さんしかいません。どうかよろしくお願い致します。

赤木雅子〉

手書きで心を込めて手紙をしたため、郵便で出した。返事が来てくれたら、と願ったが、結局なんの反応もなかった。

返事が来た！

五月十五日。私は雅子さんの自宅を訪れていた。ある筋から安倍昭恵さんの携帯番号がわかっただめ、直接電話をしてみてはどうかと思ったのだ。雅子さんはさっそく電話をかけてみた。しばらくコールすると留守番電話につながった。「安倍昭恵です」と名乗る声は、間違いなく昭恵さん本人のものだ。雅子さんは留守番電話にメッセージを入れて電話を切ると、ふと思いついたように言った。

「電話番号を携帯の電話帳に登録してＬＩＮＥの『友だち自動追加』をＯＮにしたら、ＬＩＮＥで友達になれるんじゃないでしょうか？」

雅子さんは普段は自動追加をＯＦＦにしているが、一瞬だけＯＮにしてみた。すると……。

「あっ、つながった。昭恵さんと友達になりました！」

「すごい、さっそく送ってみましょうよ」

雅子さんが送ったメッセージは……

〈赤木雅子です。ＬＩＮＥでも失礼します。お返事いただけましたら嬉しいです。よろしくお願いします〉

しばらく待ってみたが反応はない。私はこの日、メディア酔談の配信のため、東京に行かねばならなかった。後ろ髪をひかれる思いで駅に向かい、一時間ほどたったところで雅子さんから電話が入った。

「来ました！　昭恵さんから返事が来ました！」

「すごいじゃないですか。昭恵さんとつながったなんて」

昭恵さんから届いた返事は二言。〈お手紙のお返事をせず申し訳ありません。ご主人様のご冥福を心よりお祈り申し上げます〉というものだった。

「これはすぐに返事をした方がいいですよね」

「それはもう、ぜひすぐに」

そこで雅子さんは返事を返した。

〈ご返信いただきありがとうございます。お手紙読んでいただきましたでしょうか?〉

すると〈はい。〉と一言短い返事が来た。これに雅子さんは〈ありがとうございます。どうお感じになられましたでしょうか?〉と返した。ところが……ずっと待ってもその返事は来なかった。

いつかお線香を

いったんは返事が来たのに、なぜ来なくなったのだろう? 考えた雅子さんは、もう一度手紙を送ってみることにした。LINEの返事をもらってうれしかったことを伝えるために。最初の手紙のように何かを求めるような内容は控えた。

その上で再びLINEを送った。

〈こんにちは。神戸は昨夜からずっと雨です。コロナや色んなことがおさまったらぜひ神戸の自宅にお越しください。夫が喜ぶと思います〉

すると今度は返事があった。

〈お手紙ありがとうございます。ラインがご本人かも確信がなく、内容がマスコミに報じられるのではないかと疑っていました。色々なことが重なり人を信じられなくなるのは悲しいことですがご理解ください〉

やはり警戒されていたようだ。確かにＬＩＮＥが本人のものか判断は難しい。手紙にＬＩＮＥのことを書いたため、間違いなく赤木雅子さん本人だとわかったようだ。昭恵さんとＬＩＮＥがつながったことを週刊文春の記事に書かなかったこともよかった。雅子さんは昭恵さんに気を使いながら返事をした。

〈感激です☺大変な中お返事をありがとうございます。昭恵さんのあたたかいお人柄は素敵な笑顔からわかりました。マスコミの報道に負けないでください！　お返事はご無理なさらないでください〉

すると思いがけない返事が来た。

〈いつかお線香あげに伺わせてください〉

〈ありがとうございます。夢のようです。ＬＩＮＥをする手が震えます〉

〈雅子さんもどうぞお元気で！〉

〈昭恵さんもお元気で〉

知らせを受けて私は驚いた。

「こちらからお願いしていないのに『お線香あげに伺わせて』って、すごいですね。ほんとに来たら大変な騒ぎになりますよ」

六月一日。コロナで延期されていた裁判の日程が決まった。七月十五日に始めると、大阪地裁から弁護士に連絡が入った。雅子さんはそのことを昭恵さんに伝えた。

〈おはようございます。首相が再調査を進め、7月15日に始まる裁判で昭恵さんが本当の事を話されることがご夫妻の潔白を証明し支持率回復に繋がると思います。ご協力ください。お願いします〉

しかし返事は来ない。やはりこの問題に触れるとだめなのか？

六月十日。昭恵さんの誕生日。雅子さんはお祝いの言葉を送った。

〈お誕生日おめでとうございます❣〉

それでも返事は来なかった。

あのスリーショットが国有地の不可解な取引の原点になったことを、昭恵さんはどう思っているのだろう？　悪気はなかったと思う。軽い気持ちでサービスのつもりで撮ったのだろうが、世の中にはそれを利用する人がいて、それに動かされる人もいる。それが社会の現実だということを、影響力の大きい首相夫人なら、もう少し自覚してほしいものだ。

六月十七日、雅子さんは次のようなＬＩＮＥを送った。

〈6年前の4月25日、昭恵さんは気軽な気持ちで籠池夫妻と写真を撮られたんですよね。まさかその写真が財務局に持ち込まれて神風を吹かせることに使われるなんて考えもしなかったのではないですか？　でもあの写真から全てが始まりました。そのことを今どのように感じておられますか？〉

翌日は雅子さんと俊夫さんが二十五年前に結婚した日。銀婚式の日だ。

〈今日は私たちの結婚記念日なんですよ〉と送った。

メッセージは全て既読になっている。でも返事は来ない。

それでも自分ができることを一つずつしっかりとやっていく。それしかトッちゃんの死の真相に近づく道はない。雅子さんは確信している。

マンションの自室の小さな庭で薔薇が咲いた。亡き夫、トッちゃんが丹精込めて育てていた薔薇。トッちゃんは趣味の幅広い人だった。そんなトッちゃんが私の〝趣味〟だった。もう永遠に戻らない。

トッちゃんが庭で薔薇の手入れをしている写真が手元のスマホにある。二〇一七年五月二十日に撮ったもの。改ざんをさせられた後だ。あの頃、トッちゃんから明るい笑顔が消えていた。

兄夫婦の子どもたち、甥っ子たちが大好きだったトッちゃん。改ざん前、一緒に遊びに出かけた時の写真も残っている。兄の妻からトッちゃんの思い出がＬＩＮＥで届いた。

〈誕生日プレゼントとか、出張先の東京でおもちゃ屋巡りしてくれたりとか！毎年、なんか送ってくれたりしてたもんね！　あと、幼稚園の運動会を見に帰ってくれたりとか〉

甥っ子たちをかわいがるささやかな幸せ。この幸せを甥っ子たちからも奪ったことを、財務省と近畿財務局の人たちに、麻生財務大臣に、さらに安倍首相にも安倍昭恵さんにもわかってもらいたい。そして真相を明らかにしてほしい。

それが、それだけが、赤木雅子さんの願いだ。

終章　あの頃のトッちゃんに言ってあげたいこと

俊夫さんと３人の甥っ子

本名を名乗ろう

赤木雅子さんは決意した。本名を名乗ろう。

雅子さんは当初「昌子」という仮名を使っていた。それは怖かったからだ。亡き夫、トッちゃん（赤木俊夫さん）が書き残した「手記」を公表し、国と佐川宣寿元財務省理財局長を相手に裁判を起こそうと二年がかりで決意した。しかし財務省とマスコミの反応が怖い。世の中の皆さんがどう受けとめるかもわからない。だから最初は仮名を使うことにした。

ところがふたを開けてみると、寄せられたのは共感と励ましの声。改ざんの真相解明のため再調査を求める署名活動には三十五万を超える賛同者が集まった。その気持ちに応えるには、本名を名乗るべきだ。皆さんの温かい励ましの声が勇気をくれた。四月三十日発売の週刊文春の記事で、雅子さんは初めて本名を名乗った。

「雅子」は、五年前に亡くなった大好きだった父が付けてくれた大切な名前。仮名は本名と読み方が同じだ。それは、トッちゃんが雅子さんのことを「まあちん」と呼んでいたから。読み方だけは本名と同じにしたかった。その本名を名乗ることにして本当によかった。雅子さんはしみじみ感じている。

祭壇の写真の前に小さなケーキ。横には俊夫さんの手記を報じた週刊文春。亡き夫の誕生日を祝うため雅子さんが供えた。俊夫さんの誕生日は三月二十八日。本来ならこの日、五十七歳になったはず。私と同い年、同じ学年だ。

「誕生日はいつもトッちゃんの好きな料理を作って二人でお祝いしたんですよ」

「どんな料理が好きだったんですか？」

「う～ん、私の作るものは何でも『おいしいおいしい』と言って食べてくれたから。中でもアジフライが好きだったかな。大切な日によく作りました」

「アジフライですか？」

「あら、アジフライは結構料理が大変なんですよ。でも、他の人にも『まあちんの作るものは何でもおいしい』って自慢するから恥ずかしくて」

二人は「トッちゃん」「まあちん」と呼び合っていた。誕生日の思い出は尽きない。

「私の誕生日もすぐ近く（三月二十二日）だから二人一緒のお誕生会でした。自宅で、ケーキを買ってきて。もうできないけど……あの頃は幸せやったなあ。幸せって、後から気づくんですね」

以前から雅子さんは「トッちゃんが買ったまま、いっぺんもはかずに終わったパンツがあるんです」と話していた。クローゼットの奥にしまい込んだその品を出してもらった。インコテックスという高級ブランドのパンツが二本。俊夫さんは普段から服装にもこだわるお洒落な人だった。

「トッちゃんは、新品の服をおろすのはいいことがあった時、大切な時と決めていました。例えば（近畿財務）局長に報告するという日はシャツも新品をおろして、ぴしっとして出勤していました。『きょうは局長に報告するんや』って言って。でも、このパンツをはく機会はなかったんです」

なぜか？　その訳はこのパンツを買った日付けにある。俊夫さんのメモ帳を見ると、二〇一七年二月二十六日のところに「インコテックス　パンツ2本」という記載がある。大丸神戸店の近くのお店で買った時の記録だ。そして同じ日付けの下の方に「統括から連絡受け出勤」とある。これは上司の池田靖氏に電話で呼び出されて、公文書の改ざんを命じられた時の記載だ。

日曜日の午前中、改ざんなんて夢にも思わずお気に入りのパンツを買った。その午後にまさかの改ざん命令。雅子さんはおニューのパンツを手にしながら語った。

「改ざんなんてさせられたら、もうその後はいいことなかったんだと思います。だからこのパンツをはく機会がなかった……」

パンツをさすりながらしばし黙り込んだ雅子さん。静かな部屋にかすかに響くすすり泣きの音。やがて……。

「かわいそうでしょ？　かわいそすぎますよね……『局長に報告するから』って言って新品おろしてたのに。あんな人のために」

あんな人とは、改ざんが行われた時の近畿財務局長、美並義人氏。本省理財局から改ざんの指示が降りてきた時、「私が全責任を負う」と発言し、抵抗する俊夫さんたちに改ざんをさせたと、俊夫さんの「手記」に書かれている。

改ざんによって俊夫さんは死に追い込まれた。では美並氏はどう責任を負ったのか？　その後、東京国税局長に栄転している。ずいぶん結構な責任の取り方だ。

だが私にも別の責任がある。雅子さんは俊夫さんの新品パンツを見ると悲しみがよみがえる。だから奥にしまい込んでいたし、捨ててしまおうと思ったこともあった。それを私がお願いしてクローゼットの奥から引っ張り出し、手にしてもらった。悲しませることがわかっているのに。

何のため？　この事実を世の人に伝えるため、俊夫さんの身に起きた悲劇を多くの方に知ってもらい共感してもらうために。記者の仕事は時に罪深い。真相を伝えるという役目を果たさなければ、到底許されるものではない。

様々なメッセージ

手記を公開して間もないある日、雅子さんの元に一通の手紙が届いた。差出人は桂佐ん吉さん。桂米朝一門に連なる若手の落語家だ。

俊夫さんは落語も好きだった。いろんな落語家の独演会に出かけていた。その一人が左ん吉さんだった。週刊文春が「手記」とともに俊夫さんのメモ帳の写真をグラビアに掲載した際、左ん吉さんの独演会の予定が書いてあった。それを見て、自分の会に来てくれていた人だと知り、手紙を寄せてくれたのだ。

左ん吉さんは、独演会で俊夫さんが書いたアンケートの現物を手紙とともに送ってくれた。そこには「グイグイ力をつける左ん吉氏を陰ながら応援しています。ＮＨＫ新人落語大賞受賞おめでとうございます」という言葉がある。ひいきの芸人への心遣いが感じられる。

桂左ん吉さんの許しを得て手紙の一部をご紹介する。

〈（アンケートについて）温かく見守って下さっていたありがたいお客様だったと何度も見返しつくづく思います。手記を読ませていただいて私が思っていた以上に大変な絶望感や恐怖感苦悩があったんだと胸がつまりました。にもかかわらず今日の（国会での）質疑応答を見ておりますと、首相をはじめ連中の誠実さのかけらもない態度に腹わたが煮えくり返る思いでした。悪人が正しく粛清されるように願ってやみません。これから裁判もあり大変なご苦労がおありかと思いますが、必ずご無念が晴らされるようにお祈り申し上げます〉

雅子さんは返事を書いた。

〈夫にもらった趣味の落語を、これからは私が夫の分まで楽しんでいきます。佐ん吉さんの応援でパワーをいただきました。これからも粘り強く再調査をお願いしていきます〉

俊夫さんの手記公表後に届いた告発文書で「異例の出世」と名指しされた当時の上司、楠敏志氏。雅子さんが真相を聞こうと、天下り先の神戸信用金庫まで会いに行った顚末を週刊文春に掲載したところ、財務省ＯＢの方からメッセージが届いた。二〇〇〇年代まで主に本省で勤務し、近畿財務局で俊夫さんとも面識があったようだ。

〈赤木俊夫さんのこと、気にかけてくださり嬉しいです。ただ田村くん、楠さん、池田さん、前西さん……みんな人柄は良いんです。ただ組織の歯車の中で狂わされちゃったんだと思います〉

田村（嘉啓）くんは当時の財務省国有財産審理室長。池田さん、前西さんはこの本に登場した近畿財務局の職員。メッセージを寄せてくれた方は、俊夫さんが亡くなって一週間後の二〇一八年三月十四日、フェイスブックに友達限定で次のように投稿していた。

〈『書き換えではなく、書き分けはありうる』個人的にはそう言い続けていた。決裁文書の種類によって記述を書き分けることはあり得るので、それを勘違いした一部マスコミの報道かと思っていたが…まさか、報道どおり決裁文書を事後に改ざんしてたとは！　内容的にすぐにバレると気付くような稚拙な今回の公文書偽造。そもそもあの内容で改ざんする必要性がわからない。地に堕ちたもんだな、旧大蔵省。もう財務省さえも解体かな。接待汚職事件でもそうだったが責任感の強い正義感のある方が自ら命を絶つ。もうずっとお会いもしてなかったが明るい笑顔を思い出す。赤木俊夫さんのご冥福をお祈りいたします〉

雅子さんが楠さんを〝直撃〟した日は、朝から冷たい雨が降り続いていた。そんな日、雅子さんは夫が亡くなった翌日のことを思い出す。神戸大学病院の古い建物で夫の検視を待ち、故郷の岡山に帰った。あの時も途中、大雨だった。家族が近くにいてくれてありがたかった。今は裁判に向けて前に進んでいるし、文春の記事も背中を押してくれる。そう、人は希望が生きる糧となる。

親族の思い

俊夫さんが亡くなった翌日、自宅を訪れた楠氏の「遺書を見させて」「マスコミは怖いですよ」という発言を録音していたのは、当時十七歳だった甥っ子の一人だった。彼が機転を利かせてスマホで一部始終を録音していたおかげで、今、その時のやり取りが細かくわかる。そして実家のお母さんは俊夫さんにとって義理の母だが、手記で「私の大好きな義母さん」と触れるほど仲が良かった。

雅子さんの実家の家族は、俊夫さんに起きたことをどう思っているのだろうか？　お母さんと兄夫婦、それに三人の甥っ子たちの一家は、岡山県内で暮らしている。コロナの問題があったため、私はスマホを通しテレビ電話で実家のご家族と話をした。それまで俊夫さんの実の父が報道各社の取材に応じたことはあるが、雅子さんの実家の家族が取材に応えるのは初めてだ。

トップバッターは最年少、兄の三男（13）。雅子さんの末の甥っ子にあたる。俊夫さんに書道の指導を受けている写真が残っている。

「初めて習字をしたのは神戸（赤木さん夫婦の自宅）に行った時です。幼稚園でした。それから書道を習うようになりました」

「いつも笑ってるイメージでした。優しかったけど、書道を教えるときはちょっと厳しい。道具の使い方を優しく教えてくれました」

続いて二番目の甥っ子（15）。年齢が若い順での登場だ。

「プールに泊まりがけで遊びに行ったことをよく覚えています。楽しいおじさんでした。亡くなった時はとても悲しかった」

そして一番上の甥っ子（19）。録音をしたのは彼だ。なぜだったのか？

「おじさんが亡くなって病院から帰る時、おばさん（雅子さん）が『深瀬さんだけが信用できる』と話していたんです。と言うことは他の人は信用できないということでしょ。財務局のことでこうなったんだから財務局の人は信用できない。その頃テレビで、裁判なんかになったら録音が大事だと放送していたんです。豊田さん（元秘書への暴言が報じられた豊田真由子元衆議院議員）のことです。あれも録音していたからわかったわけでしょ。だから録音しようと思いました」

誰かに事前に相談したのだろうか？

「いや、自分で決めました。財務局の人たちが帰った後、すぐに（大人たちに）録音したと言いました」

「おじさんは父（雅子さんの兄）とすごい仲が良くて、ふざけあって趣味が合って、そんなに離れた親戚という感じじゃなくて近かったんです。思い出はいろいろあります」

次は甥っ子たちの母、つまり兄の妻（49）だ。実は雅子さんと同い年。幼稚園から中学まで同じだったという。

「俊夫さんには感謝しかありません。子どもたちと全力で遊んでくれた。叱る時もちゃんと叱ってくれた。何でも全力投球でした」

岡山で行われた俊夫さんの葬儀で受付を務めた際、参列した財務局の人が誰も記帳しないことに気づいたのは彼女だ。

「二十人くらい来ていました。その中のお一人が『記帳は？』と言ったら、深瀬さんが『記帳はしてないから』と言って、結局誰も記帳しなかったんです。でも記帳は受け付けていたんですよ。財務局の人は誰もあいさつもなく名刺もくださいませんでした。おかしいと思ったんです」

次は、俊夫さんとすごく仲良しだったという雅子さんの兄（54）。最初の出会いから尋ねた。

「うちへ妹（雅子さん）が連れてきて、両親と私が会いました。震災（阪神・淡路大震災）の少し前でしたよ。仕事の内容はようわからんが、難しいことをしてるんじゃろう。でも偉ぶらんし、力がある、元気がある。（普通の人とは）ちょっと違うと思いました。最初の印象に間違いはなかったですね。年は私より二つ上だけど、妹の夫だから、私のこと『あーちゃん』と言うてくれてね」

あーちゃんとはこの地方で兄のことを指すという。この兄も、俊夫さんの死の翌日に訪れた財務局の人たちの対応に不信を感じていた。

「探りに来た感じがしました。雰囲気と言うか臭いと言うか。弔問なんだけど、口封じという印象ですね。『マスコミに気をつけなさい』『一回（情報を）出したら大変なことになります』と、そんなことばかり。名刺はいっさい置いていかなかった。玄関まで送った時も最後までマスコミのことを言っていました。私は本音では『トッちゃんは死んだんやなしに殺されたんや』と思ってましたけど、財務局の人には『表立って何かすることはありません。アドバイスに沿います』と答えたんです。急に敵に回したら怖いじゃないですか。妹がどうなるかわからんし、それが一番怖かったんです。（手記は）ずっと表に出さんと思っていたけど、妹の気持ちが一番じゃから。応援せにゃいけん。その辺は女の方が強いですね」

そしていよいよ「大好きな義母さん」、雅子さんの実母（78）の登場だ。俊夫さんの印象は？

「ほんとに優しい。娘をすごく大事にしてくれた。何も言うことはありません」

表情からも感謝の気持ちがほとばしっていた。活動的で、赤木さん夫婦とよく一緒にいろんなところへ出かけたという。改ざんのために俊夫さんが初めて呼び出されたあの日も一緒にいた。

「梅林公園にいてね。いきなり『出ていかにゃいけんから』言うて、急いで出かけていった。仕事のことは何も言わんから。でも普通の様子でした」

その時はまだ、まさか公文書の改ざんを命じられるとは知らなかったのだ。

亡くなる十一日前、二〇一八年二月二十四日。赤木さん夫妻は岡山でお母さんと兄一家と会食している。その時の俊夫さんは以前の明るさがすっかり影を潜め、暗くうつろな表情をしていた。巻末の俊夫さんの略歴の上の写真はこの時のものだ。

「あの時はもう、遠ざかって逃げる感じでした。影が薄い感じ。やせてたしね」

会食に同席した親族全員が同じことを感じていたという。その時に撮った写真が、俊夫さんの生前最後の写真となった。

では、死の前日に話したことは？　休職中だった俊夫さんだが、翌日はテスト出勤する予定になっていた。

「亡くなる前の晩に電話があったんです。『あしたは仕事じゃないんじゃ。検察じゃ』と言ったと思います。長くは話さずに終わりました。後で思ったのは、普通は仕事に行ける言うたら（病気が）少し楽になったと（私が誤解して）思うから、そうじゃないんじゃ、検察じゃ、と言いたかったのか……その時は意味がわからなかった」

翌日、お母さんは友人と関西方面に旅行に出かけた。しかし俊夫さんの様子が気になって楽しめなかったという。

「（友人に）『おもしろないことあって、ごめんよ』と言ったんです。その時はもう（俊夫さんは）亡くなっていたんでしょうね」

帰る間際になって「トッちゃんが亡くなった」と電話で知らせが入った。

「かわいそうでしょうがない。私は最初から『トッちゃんは殺されたんじゃ』思って。財務省が殺した。葬儀の時『助けてあげられなかった』と謝りました」

そして我慢してきた思いがあふれ出した。

「財務省の中へ鉄砲持って入りたかった。片手じゃなく両手に持って。そんなこと思うくらい、憎くて仕方ない……」

スマホの向こうの表情に、やるせない憤りがみなぎっていた。

あの頃の夫に言ってあげたいこと

私は最後にもう一度、雅子さんの兄に尋ねた。

――そちらは保守的な土地柄ですよね。雅子さんは若い頃から自民党支持だったと話していますが、皆さんもそうですか？

「ええ、そうです。ずっと地元の加藤さん（自民党の加藤勝信厚生労働大臣）に投票しています。これからも変わらないでしょう」

奇しくも加藤氏も財務省の前身、大蔵官僚出身だ。岡山が地元の故・加藤六月元農水相の秘書を務めた後、女婿となり、地盤を継いだ。

雅子さんの兄は長年の自民党支持者として、妹の思いに向き合おうとしない今の政権のありように不満を隠さなかった。

「今の政権の人たちは、戦後日本を作ってきた自民党の先輩方に対して申し訳ないことしとると思ってもらわにゃならんと思います」

そんな、日本を動かしてきたトップエリートたちに訴えたいことがある。

「トッちゃんは国鉄からの転職組で、佐川さんのような生え抜きのエリートやないけど、志は本当に、日本国を代表して世界に誇っていい公務員だと思うんです。それを安倍さんの口から言ってもらいたいんです」

この言葉。自民党を支持し続けてきた遺族のこの言葉を、安倍首相はどう受けとめるのか？それでも「再調査はしない」と言うのだろうか？

この本が発売される七月十五日、赤木雅子さんの裁判が始まる。法廷での闘いが始まる。雅子さんが読者の皆さまに寄せたメッセージをご紹介して、この本を締めくくりたい。私は最後の一文に泣いた。


夫は『水戸黄門』が好きでした。最後の「助さん、格さん、もういいでしょう」という台詞を、寸分違わず黄門様と一緒に言う得意そうな顔が忘れられません。

今の政権がもしドラマになるとしたら、大河ドラマではなく水戸黄門。それも悪代官に安倍さん、越後屋役に麻生さんがしっくりきます。じゃ、誰が黄門様なの？　政治家の誰か？　裁判官？　もしかして文春？

「いつか正直者が勝つ」という黄門様が好きでした。夫も改ざんに手をつけていなかったら、知っていることを公にして退職し、苦しいけど第二の人生を見つけられたかもしれません。それなら、せめて夫の残した手記を公表したい。亡くなった日、手記を見つけてから、ずっと思っていました。

私は物事を深く考えることが苦手で、計画性もなく直感だけで生きてきました。でも直感には自信があります。夫のことをいちばん理解してくれそうで、大きな組織、嫉妬深い男の社会に苦慮した大阪日日新聞の相澤さんに手記を託そうと決めました。直感はヒットしました。

手記は大きく報道され、訴訟をすることになり、真実を知りたいという再調査のお願いには35万人を超える方が署名してくださいました。手書きの署名をしたいとご連絡もいただきましたが、お気持ちにお応えできず申し訳ありませんでした。また、全国の方から温かい手紙をたくさんいただき不安でいっぱいだった私に勇気をくださいました。応援してくださった皆さま、この場を借りてお礼申し上げます。ありがとうございました。こんな事になるなんて、あの頃の私たち夫婦には想像できませんでした。

ドラマの続き。現代の水戸黄門は実は安倍首相と麻生大臣で、密かに再調査を進めていたという話になれば、もっといいドラマになると思います。期待薄とは思いますが。

本を読んでくださった方の人生にも、色んなドラマがあると思います。今、どうにもならないと思っていても、時間が経てば良い方向になることがあります。

あの頃の夫にも、そう言ってあげたいです。

赤木俊夫さんが遺した「手記」全文

手記
平成30年2月（作成中）

○はじめに
私は、昨年（平成29年）2月から7月までの半年間、これまで経験したことがないほど異例な事案を担当し、その対応に、連日の深夜残業や休日出勤を余儀なくされ、その結果、強度なストレスが蓄積し、心身に支障が生じ、平成29年7月から病気休暇（休職）に至りました。

これまで経験したことがない異例な事案とは、今も世間を賑わせている「森友学園への国有地売却問題」（以下「本件事案」という。）です。

本件事案は、今も事案を長期化・複雑化させているのは、財務省が国会等で真実に反する虚偽の答弁を貫いていることが最大の原因でありますし、この対応に心身ともに痛み苦しんでいます。

この手記は、本件事案に関する真実を書き記しておく必要があると考え、作成したものです。
以下に、本件事案に関する真実等の詳細を書き記します。

1．森友学園問題

私は、今も連日のように国会やマスコミで政治問題として取り上げられ、世間を騒がせている「森友学園への国有地売却問題」（以下「本件事案」という。）を、昨年（平成29年）2月から担当していました。

本件事案が社会問題化することとなった端緒は、平成29年2月9日、朝日新聞がこの問題を取り上げたことです。

（朝日新聞が取り上げた日の前日の平成29年2月8日、豊中市議が国を相手に、森友学園に売却した国有地の売却金額の公表を求める訴えを提起）

近畿財務局が、豊中市に所在する国有地を学校法人森友学園（以下「学園」という。）に売却（売買契約締結）したのは平成28年6月20日です。

私は、この時点では、本件事案を担当していませんので、学園との売買契約に向けた金額の交渉等に関して、どのような経緯があったのかについてはその事実を承知していません。

2．全ては本省主導

本件事案の財務省（以下「本省」という。）の担当窓口は、理財局国有財産審理室（主に担当の杉田補佐、担当係長等）です。

杉田補佐や担当係長から、現場である財務局の担当者に、国会議員からの質問等の内容に応じて、昼夜を問わず資料の提出や回答案作成の指示（メール及び電話）があります。

財務局は本省の指示に従い、資料等を提出するのですが、実は、既に提出済みのものも多くあります。

通常、本件事案に関わらず、財務局が現場として対応中の個別の事案は、動きがあった都度、本省と情報共有するために報告するのが通常のルール（仕事のやり方）です。

本件事案は、この通常のルールに加えて、国有地の管理処分等業務の長い歴史の中で、強烈な個性を持ち国会議員や有力者と思われる人物に接触するなどのあらゆる行動をとるような特異な相手方で、これほどまで長期間、国会で取り上げられ、今もなお収束する見込みがない前代未聞の事案です。

そのため、社会問題化する以前から、当時の担当者は、事案の動きがあった際、その都度本省の担当課に応接記録（面談等交渉記録）などの資料を提出して報告しています。

したがって、近畿財務局が、本省の了解なしに勝手に学園と交渉を進めることはありえないのです。本省は近畿財務局から事案の動きの都度、報告を受けているので、詳細な事実関係を十分に承知しているのです。

（1）国会対応

平成29年2月以降ほとんど連日のように、衆・参議院予算委員会等で、本件事案について主に野党議員から追及（質問）されます。

世間を騒がせ、今も頻繁に取り上げられる佐川（前）理財局長が一貫して「面談交渉記録（の文書）は廃棄した」などの答弁が国民に違和感を与え、野党の追及が収まらないことの原因の一つとなっています。

一般的に、行政上の記録を応接記録として作成された文書の保存期間は、文書管理規則上1年未満とされていますので、その点において違法性はないと思いますが、実際には、執務参考資料として保管されているのが一般的です。

この資料（応接記録）を文書管理規則に従って、終始「廃棄した」との説明（答弁）は、財務省が判断したことです。その理由は、応接記録は、細かい内容が記されていますので、財務省が学園に特別の厚遇を図ったと思われる、あるいはそのように誤解を与えることを避けるために、当時の佐川局長が判断したものと思われます。

（2）国会議員への説明

本件事案に関して、野党議員を中心に財務省に対して、様々な資料を要求されます。

本省は、本件事案が取り上げられた当初の平成29年3月の時点では、全ての資料を議員に示して事実を説明するという姿勢であったのです。

ところが、（当時）佐川理財局長の指示により、野党議員からの様々な追及を避けるために原則として資料はできるだけ開示しないこと、開示するタイミングもできるだけ後送りとするよう指示があったと聞いています。（現場の私たちが直接佐川局長の声を聞くことはできませんが、本省（国有財産審理室）杉田補佐からは局長に怒られたとよく言っていました。）

また、野党に資料を提出する前には、国会対応のために、必ず与党（自民党）に事前に説明（本省では「与党レク」と呼称。）した上で、与党の了承を得た後に提出するというルールにより対応されていました（杉田補佐、近畿財務局楠管財部長などの話）。

（3）会計検査院への対応

国会（参議院）の要請を受けて、近畿財務局が本件事案に関して会計検査院の特別検査を、昨年平成29年4月と、6月の2回受検しました。

受検時には、佐川理財局長の指示を受け、本省理財局から幹部職員（田村国有財産審理室長、国有財産業務課福地補佐ほか、企画課係長）が派遣され、検査会場に同席し、近畿財務局からの説明を本省幹部職員が補足する対応がとられました。

その際、本省の検査院への対応の基本姿勢は、次のとおりです。

① 決議書等の関係書類は検査院には示さず、本省が持参した一部資料（2～3分冊のドッチファイルを持参）の範囲内のみで説明する

② 現実問題として、上記①のみでは検査院からの質問等に説明（対応）できないとして、田村審理室長が、近畿財務局に保管されている決裁文書等を使用して説明することはやむを得ないと判断して、①の対応が修正された。

③ 応接記録をはじめ、法律相談の記録等の内部検討資料は一切示さないこと、検査院への説明は「文書として保存していない」と説明するよう事前に本省から指示がありました（誰から誰に指示がされたかは不明確ですが、近畿財務局が作成した回答案のチェックを本省内関係課で分担され、その際資料は提示しないとの基本姿勢が取られていました）

（注）この時、法律相談の記録等の内部検討資料が保管されていることは、近畿財務局の文書所管課等（統括法務監査官、訟務課、統括国有財産管理官（1））の全ての責任者（統括法務監査官、訟務課長、統括国有財産管理官）は承知していました。

したがって、平成30年2月の国会（衆・予算委員会等）で、財務省が新たに議員に開示した行

政文書の存在について、麻生財務大臣や、太田理財局長の説明「行政文書の開示請求の中で、改めて近畿財務局で確認したところ、法律相談に関する文書の存在が確認された」（答弁）は、明らかに虚偽答弁なのです。

さらに、新聞紙上に掲載された本年1月以降に新たに発覚したとして開示した「省内で法的に論点を検討した新文書」について、本年2月19日の衆院予算委員会で、太田理財局長が「当初段階で、法務担当者に伝え、資料に気付く状況に至らなかった。法務担当に聞いていれば（文書の存在）に気付いていたはずだ」との答弁も全くの虚偽である。

それは、検査の際、この文書の存在は、法務担当に聞かなくても、法務担当以外の訟務課・統括国有財産管理官は作成されていることを当然認識しています。これも近畿財務局は本省主導で資料として提示しないとの基本的な対応の指示に従っただけなのです。

また、本省にも報告され保管されていることは、上記2に記載している本省と財務局との情報共有の基本ルールから明らかです。

（4）財務省の虚偽答弁

本省が虚偽の答弁を繰り返していることを再掲しますと、

上記（1）国会対応、（2）国会議員、（3）会計検査院への対応の全ては、本省で基本的な対応のスタンスが決められました。

特に、（3）では、本省から財務局に以下の対応の指示がありました。

●　資料は最小限とする
●　できるだけ資料を示さない
●　検査院には法律相談関係の検討資料は「ない」と説明する

この事案の対応で、先の国会で連日のように取り上げられた佐川（当時）理財局長の国会答弁の内容と整合性を図るよう、佐川局長や局長の意向を受けた本省幹部（理財局次長、総務課長、国有財産企画課長など）による基本的な対応姿勢が全てを物語っています。


（疑問）

財務省は、このまま虚偽の説明を続けることで国民（議員）の信任を得られるのか。

当初、佐川理財局長の答弁がどこまでダメージコントロールを意識して対応されていたかといえば、当面の国会対応を凌ぐことだけしか念頭になかったのは明らかです。

3．財務省は前代未聞の「虚偽」を貫く
平成30年1月28日から始まった通常国会では、太田（現）理財局長が、前任の佐川理財局長の答弁を踏襲することに終始し、国民の誰もが納得できないような詭弁を通り越した虚偽答弁が続けられているのです。

現在、近畿財務局内で本件事案に携わる職員の誰もが虚偽答弁を承知し、違和感を持ち続けています。

しかしながら、近畿財務局の幹部をはじめ、誰一人として本省に対して、事実に反するなどと反論（異論）を示すこともしないし、それができないのが本省と地方（現場）である財務局との関係であり、キャリア制度を中心とした組織体制のそのもの（実態）なのです。

本件事例を通じて、財務省理財局（国有財産担当部門）には、組織としてのコンプライアンスが機能する責任ある体制にはないのです。

4．決裁文書の修正（差し替え）

本年3月2日の朝日新聞の報道、その後本日（3月7日現在）国会を空転させている決裁文書の調書の差し替えは事実です。

元は、すべて、佐川理財局長の指示です。

局長の指示の内容は、野党に資料を示した際、学園に厚遇したと取られる疑いの箇所はすべて修正するよう指示があったと聞きました。

佐川理財局長の指示を受けた、財務本省理財局幹部、杉田補佐が過剰に修正箇所を決め、杉田氏の修正した文書を近畿局で差し替えしました。

第一回目は昨年2月26日（日）のことです。

当日15時30分頃、出勤していた池田靖統括官から本省の指示の作業が多いので、手伝って欲しいとの連絡を受け、役所に出勤（16時30分頃登庁）するよう指示がありました。

その後の3月7日頃にも、修正作業の指示が複数回あり現場として私はこれに相当抵抗しました。

楠管財部長に報告し、当初は応じるなとの指示でしたが、本省理財局中村総務課長をはじめ田村国有財産審理室長などから楠部長に直接電話があり、応じることはやむを得ないとし、美並近畿財務局長に報告したと承知しています。

美並局長は、本件に関して全責任を負うとの発言があったと楠部長から聞きました。

楠部長以外にも、松本管財部次長、小西次長の管財部幹部はこの事実をすべて知っています。

本省からの出向組の小西次長は、「元の調書が書き過ぎているんだよ。」と調書の修正を悪いこととも思わず、本省杉田補佐の指示に従い、あっけらかんと修正作業を行い、差し替えを行ったのです。

（大阪地検特捜部はこの事実関係をすべて知っています）

これが財務官僚機構の実態なのです。

パワハラで有名な佐川局長の指示には誰も背けないのです。

佐川局長は、修正する箇所を事細かく指示したのかどうかはわかりませんが、杉田補佐などが過剰反応して、修正範囲をどんどん拡大し、修正した回数は3回ないし4回程度と認識しています。

役所の中の役所と言われる財務省でこんなことがぬけぬけと行われる。

森友事案は、すべて本省の指示、本省が処理方針を決め、国会対応、検査院対応すべて本省の指示（無責任体質の組織）と本省による対応が社会問題を引き起こし、嘘に嘘を塗り重ねるという、通常ではあり得ない対応を本省（佐川）は引き起こしたのです

この事案は、当初から筋の悪い事案として、本省が当初から鴻池議員などの陳情を受け止めることから端を発し、本省主導の事案で、課長クラスの幹部レベルで議員等からの要望に応じたことが問題の発端です。

いずれにしても、本省がすべて責任を負うべき事案ですが、最後は逃げて、近畿財務局の責任とするのでしょう。

怖い無責任な組織です。

○刑事罰、懲戒処分を受けるべき者

佐川理財局長、当時の理財局次長、中村総務課長、企画課長、田村国有財産審理室長ほか幹部担当窓口の杉田補佐（悪い事をぬけぬけとやることができる役人失格の職員）

この事実を知り、抵抗したとはいえ関わった者としての責任をどう取るか、ずっと考えてきました。

事実を、公的な場所でしっかりと説明することができません。

今の健康状態と体力ではこの方法をとるしかありませんでした。（55歳の春を迎えることができない儚さと怖さ）

家族（もっとも大切な家内）を泣かせ、彼女の人生を破壊させたのは、本省理財局です。

私の大好きな義母さん、謝っても、気が狂うほどの怖さと、辛さこんな人生って何？

兄、甥っ子、そして実父、みんなに迷惑をおかけしました。

さようなら

（明らかな誤字・脱字に限り修正、その他はすべて原文のまま収録）

大好きだった義母と撮った写真が生前最後のものとなった。

赤木俊夫さんの略歴

1963年、岡山県に生まれる。1981年、地元の高校を卒業し、国鉄に就職。1987年、国鉄民営化に伴い旧大蔵省に転職、中国財務局鳥取財務事務所で勤務。1989年、近畿財務局京都財務事務所に転勤、仕事をしながら立命館大学法学部夜間コースに進学。1993年、立命館大学を卒業、和歌山財務事務所に転勤。1995年、雅子さんと結婚。その後、神戸財務事務所、近畿財務局、財務省、京都財務事務所舞鶴出張所、証券取引等監視委員会などで勤務。

2017年、近畿財務局管財部上席国有財産管理官の時、公文書改ざんをきっかけにうつ病となり休職。2018年3月7日、自宅で命を絶つ。享年54。

赤木雅子（あかぎ・まさこ）

1971年、岡山県生まれ。1989年、地元の高校を卒業し、地元で就職。1995年、24歳のとき赤木俊夫さんと結婚。2018年、夫、俊夫さんが命を絶つ。2020年、俊夫さんの死を巡り国と佐川宣寿元財務省理財局長を相手に裁判を起こす。同年7月15日に初弁論。

相澤冬樹（あいざわ・ふゆき）

1962年、宮崎県生まれ。1987年、NHKに入り記者に。阪神・淡路大震災、福知山線脱線事故など取材。森友問題取材中の2018年、記者を外されNHKを退職。大阪日日新聞に。週刊文春、日刊ゲンダイ、Yahoo!ニュース、ハーバー・ビジネス・オンラインなど各種メディアで執筆。

私《わたし》は真《しん》実《じつ》が知《し》りたい
夫《おっと》が遺書《いしょ》で告発《こくはつ》「森友《もりとも》」改《かい》ざんはなぜ？

2020年7月15日　第1刷発行

著　者　赤木雅子《あかぎまさこ》　相澤冬樹《あいざわふゆき》
発行者　新谷学
発行所　株式会社 文藝春秋
〒102-8008
東京都千代田区紀尾井町3-23
電話　03-3265-1211（代表）

印刷所　光邦
製本所　光邦

定価はカバーに表示してあります。
万一、落丁、乱丁の場合は送料当方負担でお取り替え致します。小社製作部宛お送りください。

ISBN 978-4-16-391253-0